相棒

Season13

Episode 8
「幸運の行方」

Episode9
「サイドストーリー」

Episode10「ストレイシープ」

Episode11
「米沢守、最後の挨拶」

Episode12
「学び舎」

Episode 13
「人生最良の日」

相棒 season13

中

輿水泰弘ほか／ノベライズ・碇　卯人

朝日文庫

本書は二〇一四年十月十五日～二〇一五年三月十八日にテレビ朝日系列で放送された「相棒　シーズン13」の第八話～第十三話の脚本をもとに全六話に構成して小説化したものです。小説化にあたり、変更がありますことをご了承ください。

相棒 season 13 中 目次

装丁・口絵・章扉／中村絵奈

杉下右京　警視庁特命係係長。警部。
甲斐享　警視庁特命係。巡査部長。
月本幸子　小料理屋〈花の里〉女将。
笛吹悦子　日本国際航空客室乗務員。
伊丹憲一　警視庁刑事部捜査一課。巡査部長。
芹沢慶二　警視庁刑事部捜査一課。巡査。
米沢守　警視庁刑事部鑑識課。巡査部長。
角田六郎　警視庁組織犯罪対策部組織犯罪対策第五課課長。警視。
大河内春樹　警視庁警務部首席監察官。警視正。
中園照生　警視庁刑事部参事官。警視正。
内村完爾　警視庁刑事部長。警視長。
社美彌子　警視庁総務部広報課長。
甲斐峯秋　警察庁次長。警視監。

相棒

season

13 中

第八話
「幸運の行方」

一

　ここは東京スカイツリーが意外なほど迫って見える一角にある隅吉《すみよし》商店街。〝下町人情〟という言葉がキャッチフレーズになるような庶民の街である。

〈質　くめ〉とだけ白く染め抜かれた深草色の暖簾《のれん》が、〝人情〟の一端を示しているかのようなたたずまいの〈久米《くめ》質店〉は、その商店街の奥の細い路地を入ったところにあった。

　店主の久米健一《けんいち》が相手にしているのは、学生にしてすでにこの店の常連となっている平直哉《たいらなおや》である。持ってきた質草《しちぐさ》が、愛用のボールペンの方ならまだしも、もうひとつは蒲田の駅前で学習塾が配っていた合格祈願の携帯ストラップというのだから、話にならない。突き返そうとする久米に、じゃあ買い取りで、晩飯代に五百円、と食い下がる。

「平くん、またパチンコで全部すっちゃったんだろ！」

「そう。遠征したのに大負けしちゃってさ。朝からなんも食べてなくてもう腹ペコ。ここは俺と久米さんの仲に免じて、ね？」

　手を合わせる貧乏学生を、無下《むげ》に切り捨てるわけにはいかないのが〝人情〟のつらさである。

「まったくしょうがないなあ。じゃあね、ボールペンは質入れ、それからストラップは買い取りね。あーあ、まったくもう」

久米が障子を開けて奥の間に入って行くのと入れ違いに、小さな犬がしっぽを振って店先に出てきた。

「おお、フェルナンド！」

平がじゃれつく犬を抱き上げる。

「番犬が懐くほど、しょっちゅう質屋に来てちゃいけないんだよ」

呆《あき》れ顔で呟《つぶや》いた久米は暗証番号を入力して金庫を解錠し、中から布の袋を取り出した。

「俺が持ち込むものはいつもその袋だね」

奥を覗いて平が言う。

「ふふふ。これが蔵にしまうようなもんかい？　平くんのはね、このガラクタ袋で十分。年末には整理しなくちゃ」

平の質草を袋に入れて口を閉めた久米は、それを金庫に戻して施錠した。そして平に千五百円を裸で渡した。

「ちゃんと栄養のあるもの食べるんだよ」

「久米さん、感謝！」

逃げるように店を出ていこうとする平を、久米は呼び止めた。

「待ちなさい！　どうせ受け出しには来ないんだろうけど、一応、質札は渡す」久米は質札に日付と金額を書き込みながら説いた。「平くん、君は学生だね？　僕はこの間も君にこんこんと注意をしたね」

「いや、あれはお年寄りにお使いを頼まれたから、そのついでに買っただけ」

「人間っていうものは、そういう些細なことから人生を棒に振るっていうことがね……」

またいつもの説教モードに入るのを察知して、平は遮《さえぎ》った。

「あっ、そうそう、さっきそこの雀荘の前でさ、呉服屋のノブさんに会ったよ」

呉服屋のノブさんというのは、やはりこの商店街で〈小池《こいけ》呉服店〉を営む小池信雄《のぶお》のことだった。

「いいよなあ、ノブさんは。婿《むこ》養子なのに遊んでいられて。やっぱさ、美人でしっかり者のおかみさんがいるって最強だよね。俺もノブさんみたいに楽してえ」

小池の名前が出たあたりからご機嫌が急に斜めになった久米は、平の羨ましげなもの言いにいきなり激した。

「信雄は駄目だ！　あれは昼行灯《あんどん》で穀潰しで役立たずで……絶対的に駄目な人間だ！」

その夜のこと、久米はいきつけの赤ちょうちんで一杯ひっかけ、早々に引き上げて家に帰るところだった。飲み屋街のはずれのラブホテルがある路地を通りかかったとき、見覚えのある人影を見て思わず物陰に隠れた。目を凝らすと小池信雄がラブホテルの前で、若い女と訳ありの様子で向かい合っている。

「誰だよ、あの若い女?」

独りごちた久米は、まずその女が隠れるようにしてホテルのエントランスをくぐり、次いで小池があたりを窺いながら後を追うのを見て逆上した。

「信雄の奴!」

そして即座にスマートフォンを出し、証拠の動画を撮った。

「くぅー、瑠璃《るり》ちゃんという伴侶がありながら!」

小池の愚行を目の当たりにした久米は、怒り冷めやらぬままシャッターの閉まった商店街をぶつぶつ独り言を言いながら歩いていた。

「もう許せない! 今度という今度は性根叩き直してやる! もう許せない! もう!」

そのとき、メタルフレームのメガネにオールバックの髪型、スーツをきちんと着こなした紳士が声を掛けた。

「あの……」

「えっ?」

「どうかされましたか?」

久米は突然現実に引き戻されたかのように振り返り、

「私? 私は大丈夫です」

応ずるなり早足で去って行った。

「いろいろとストレスがあるんですかね」

隣にいたジーンズにベストという出立ちの青年が、久米の後ろ姿を見て言った。

「そのようですねえ」

悠長に答える紳士は警視庁特命係の警部、杉下右京《すぎしたうきょう》で、青年は同じく特命係の巡査部長、甲斐享《かいとおる》だった。警視庁きっての暇な部署と言われている特命係に命ぜられた任務は隅吉商店街の防犯パトロールで、このところ連日商店街を歩いて回っているふたりは、今日も無事その仕事を終えて帰るところだった。

二

隅吉商店街振興組合の寄合所に小池を呼び出した久米は、周囲に人の目がないか確かめてからカーテンを引いた。昨晩撮影した証拠の動画をパソコンの画面に映し出し、小池に見せるためだった。

「おまえの悪行は全てここに記録されている。おまえ、こんなことして恥ずかしくないのか？」

久米はパソコンからＳＤカードを抜き出して、小池の目の前に突きだした。

「ん？」

そっぽを向く小池に、久米は声を荒らげた。

「なんとか言えよ！　この女は一体誰なんだよ？　うわっ、この期《ご》に及んでしらを切るつもりか？」

久米を睨《にら》み返した小池は、そこで反撃に出た。

「俺はね、おまえと違ってモテるんだよ！　女のほうが放っとかないんだよ！　うらやましいだろ？　ざまあみやがれ！」

「なにい！」

そこで小池は何かに思い至ったように久米に迫った。

「わかったぞ！　おめえの魂胆が。俺をゆすろうってんだな？」

「ええ？」

「うらやましいから俺をゆすって、ええ？　苦しめて。そういう腹だろ」

そこまで言われた久米は、逆上して罵《ののし》った。

「そうだよ。おまえ、苦しめ！　おまえは苦しんで当然なんだよ！　この昼行灯の穀潰し！」

こうなったら売り言葉に買い言葉である。「毎月二万、口止め料だ」と小池が憎々しげに財布から抜き取って差し出した紙幣を、「このケチンボ！」と罵倒しながら、久米は受け取ってしまった。

ところが根っからの善人の久米である。いざ家に帰って落ち着いて考えてみると、これは純然たる脅迫であった。

「こんなはずじゃなかったんだよ。ちょっと懲らしめてやろうと思っただけでさぁ」

独りごちた久米は、掌にあるＳＤカードを金庫の布袋に入れながら、

「こんなもん、撮るんじゃなかったなあ」

と後悔のため息を吐いた。

それから一か月後。特命係のふたりは今日もまた腕章を着け、隅吉商店街のパトロールをしていた。連日同じ場所を歩いているとさすがに顔を覚えられるらしく、商店街のあちこちから挨拶をされる。それもまた悪いものではなく、

「うーん、何度も来ると顔見知りになっちゃいますね」

と享はまんざらでもない顔で挨拶を返していた。

「君、さっき何か買い物をしていましたね」と右京。

亨が紙袋から小さいだるまを出して見せた。ダルマの腹には〝商売繁盛〟と記され、片目のみ墨が入っている。

「おや。僕たちの商売が繁盛というのはいかがなものでしょうね？」

「いや、これは〈花の里〉の幸子《さちこ》さんに」

「あっ、それはいいですねえ」

右京が手を打った。


こちらも商売繁盛の兆しか、久米質店の店頭ではハンチングを被った年配の客が、高価な腕時計を物色していた。

「あっ、それでしたらこちらの金無垢の腕時計なんかはいかがですか？　ちょいと傷はありますがお値打ちです」

久米はショーケースの中のいちばん値の張る腕時計を指した。

「コンビのとかはないの？」

「えっ、ああ、コンビ……」

と言いかけたところで、奥の間から犬の鳴き声がした。

「ん？　どうした？　フェルナンド」

「え？　ああ、これを」

客に断りを入れて奥の間に入って行った久米は、立ちすくんだ。男が金庫を開けて現金と布の袋を手にしていたのだ。パーカーのフードを深く被っていたが、それは平に間違いなかった。

「平くん、何してんだ！」

「すみません！」

久米と目が合った平は一瞬怖《お》じ気づいたように見えたが、開け放しにしてあった引き戸から庭伝いに逃げて行った。

「平くん！　平くん⁉」

度肝を抜かれた久米だったが、

「お、落ち着け。平くんはよく知ってる青年だし、これは出来心だ。ここは穏便に話をして解決するのが大人として賢いやり方だ。うん、ね、うんうん。現金とガラクタ袋ぐらい、慌てることはそんな……」

と自分に言い聞かせるように独り言を言っていたが、はっとして、顔色を変えた。

「あっ！　まずい……」

そのガラクタ袋には、例の証拠動画を収めたＳＤカードが入っていたのだ。

久米は取る物も取りあえず平の住むアパート、フラワーコーポに駆けつけた。外付けの階段を上って二階の二〇一号室のドアノブに手をかけた。意外なことに鍵は開いている。

「平くん、入るよ」

声をかけて部屋に入った久米は身を凍らせた。平は奥の部屋にうつ伏せに横たわり、頭部から流れ出た血が床を濡らしていた。そしてその遺体の周りには一万円札が散らばっていたのだ。

「あっ、平くん！　どうした！」

愕然と跪《ひざまず》き、あまりの展開に動転しているところへ、ノックの音とともに男の声が聞こえた。

「平さーん、入りますよ！　平さーん！　そろそろ家賃払ってもらわないと……」

ずかずかと部屋に踏み込んでくる大家に驚いた久米は、襖《ふすま》の裏にピタリと身を付けて隠れた。大家は目前の光景を見て悲鳴を上げた。

「誰か！　誰かー！」

「平くん、どうして……なんで……あっ、この状況はまずいんじゃないか？」かろうじて難を逃れた久米は我に返り、目当てのものを探し始めた。「あっ、ガラクタ袋……ガラクタ袋、どこ？」

大家の通報によってアパートには警視庁から捜査一課の伊丹憲一《いたみけんいち》、芹沢慶二《せりざわけいじ》を始め、多くの捜査員が押しかけた。

「被害者は平直哉さん。慶明大学大学院数学科の学生ですね」

芹沢が学生証を読み上げながら、身元を確かめた。鑑識課の米沢守《よねざわまもる》によると、おそらく棍棒のようなもので正面から頭部を一撃されており、推定死後一時間、すなわち犯行は午後二時前後らしかった。

「しかし、なんでこう万札が散らばってるんだ?」

伊丹があたりを見回して言った。

「なんかやばい商売でもやってたんですかね?」と芹沢。

「それで儲けた金か……」

伊丹の呟きに、思わぬ声が反応した。

「被害者は、お金にはあまり縁がなかったと思いますよ」

見上げると、戸口から顔を出していたのは右京だった。

「ああー、またもう、当たり前のように」

伊丹は辟易した。

「近くの商店街をパトロールしていたので」

右京の隣には享が立っていた。

「なんでガイシャ（被害者）が金に縁がなかったってわかるんです？」

芹沢が右京に訊《たず》ねた。

「質店でお金を借りています」

「えっ？」

右京の手には幾枚かの質札があった。

「千円、二千円、五百円……。奥の部屋の棚にありましたよ」

「ご助言どうも。では、もうお引き取りください。はい、どうぞ」

伊丹が右京の手から質札を奪い取って、玄関のドアの方へ促した。

「どうも」

素直に部屋を出たところで、右京が何かを見つけたらしかった。

「あの方は、何をなさっているのでしょうね？」

享が右京の視線の先を見ると、アパートから少し離れたゴミの集積所で、ポリバケツの中を漁っている男がいた。

アパートの階段を下りて、スタスタとゴミ集積所に歩いていく右京を、享は追いかけた。

「あの部屋にガラクタ袋がなかったってことは、途中でどっかに捨てたりしたはずなんで……」

その男、久米健一はブツブツと独り言を言いながらポリバケツのゴミを底からひっくり返していた。

「何かお探しですか？」

右京が久米の背後から声をかけると、久米は振り返りもせずに、

「ええ、ちょっと」

と答えた。

「ああ、こちらのバケツはもう見ましたか？」

右京が老婆心を働かせると、久米は、

「あっ、そっちはまだだ」と応ずるなり、右京に見覚えがあったらしく、「あれ？　あんた、どっかで……」と右京の顔をしげしげと見た。

「以前夜道で」

その言葉でようやく気が付いた久米に、右京と亨は自己紹介した。〝警視庁〟という一言にひるんだ久米は、

「私は、名乗るほどの者ではありません」

と無難に躱《かわ》したつもりだったが、よろしければ手伝いましょう、という右京の提案に慌てふためいた。

「いえいえ、もう大した物じゃないんですよ。ほとんど見つからないほうがいいかなあ

というぐらいのつまらない物でして。それでは、さようなら」

と一気にまくし立ててその場を去って行った。

三

――こっちを見てる。俺は目を付けられてしまった。

背中に右京と享の視線を感じながら冷や汗を流した久米は、その足で振興組合の寄合所に赴いた。そうして商店街のご隠居衆と昼間からのんきに将棋を指している小池を寄合所の外へ呼び出した。一旦は無視した小池だったが「何様だよ、まったく」とぶつくさ言いながら、仕方なくドアの外へ出た。小池の手をひっぱり、玄関の陰に連れてきた久米は、小声で言った。

「信雄、おまえ、今日の二時頃、俺と一緒にいたことにしろ」

「なんで？」

「言うとおりにしないと、あの動画、寄合所でみんなで鑑賞するぞ。それでもいいのか？」

久米に脅迫された小池が、

「そんなことしてみろ。おまえだって、ただじゃすまねえぞ！」

と売り言葉に買い言葉がまた始まったかと思いきや、思わぬ仲裁が入った。

「こんにちは」

久米が振り返ると、先程の刑事たちである。

「こんにちは。何かご用でしょうか？」

「ちょっと気になることがありましてね。先ほど道端で何か探しておいでででした。それは、ひょっとしてこれではありませんか？」

右京は享が商店街で買っただるまを差し出した。

「そうです、これです。これを捜してたんです」

一瞬間を置いて久米が頷く。

「おまえ、道端にだるま落としたの？　馬鹿だねえ」

小池が嬉しそうに愚弄《ぐろう》すると、久米が「黙れ！」と一喝し、右京と享に言った。

「どうも、本当にありがとうございました。これで全ての問題が解決致しました。以後、お気遣いなく」

「お役に立てて何よりです。あっ、つかぬことを伺いますが、今日の午後二時頃、どこにいらっしゃいましたか？」

右京から予想していた質問が出て、久米は小池に目配せをした。

「えっ？　ああ、あの、俺と一緒にいましたよ」

「ちなみにどちらに？」享が訊ねる。

「その辺、こうぶらぶらとお喋《しゃべ》りをしながら」

小池に代わって久米が答える。

「そうですか。ところでこちらは？」

右京に誰何《すいか》されて、久米は初めて小池と自分の身元を明らかにした。

「そうですか。それにしてもおふたり、仲がよろしいんですね。この寒い中お喋りしながら散歩だなんて」

「いやあ、こいつとはね、小学校の時以来の……」

小池が調子に乗って喋りすぎないように、久米は割って入った。

「仲良しなんですよ。あの、四年生の学芸会の時に、『うらしまたろう』を一緒にやりましてね。それ以来の仲良しなんです。そうだろ？　なあ」

久米が同意を強要する。

「そうそう。私が浦島でこいつは亀だったたんですけどね」

「まだ他に何か？」

一刻も早くこの場を離れたい久米が訊ねると、右京は意外にもあっさりと引き下がった。

「いえ。どうもお邪魔しました。それでは」

刑事たちが去って行くと久米は小池に泥棒に入られた経緯などを説明し、小声で宣言した。

「ノブ、これでお前の偽証罪が成立した」

「偽証罪？」

小池は目を丸くした。

「それじゃあ何か？　俺はさっき警察にお前のアリバイを偽証したのか？」

玄関先から再び寄合所に入ったところで、小池は唖然として訊ねた。

「そうだ」

「おまけに、例の動画が入ったＳＤカードを盗まれた？」

「そうだ」

しれっとしている久米に我慢が出来ず、小池は声を荒らげた。

「何威張《いば》ってんだ！　頭きた。今から警察行って、さっきのは嘘でしたって言ってやる！」

「『どうして、嘘をついたんですか？』って聞かれるぞ」

「それは、おまえが例の動画をばらすって」

「『例の動画とはなんの動画ですか？』」

「言えません」

詰め将棋の結果は明らかで、

「はぁー、ここが壁か」

と落胆のため息を吐いた。そんな小池に久米は懐柔策をとる。

「なああ、ノブ、こうなったらひとつ、あれだ。ふたりで協力をして……」

「ああ、ＳＤカードを見つけるしかないな」

ふたりの間に共通の目的が生まれた。


久米が店に戻ると、店先にちょこんと右京が座っていた。

「えっ？」

久米が意外な顔で振り返る。

「不用心なので店番を」

右京がことも無げに言う。

「それはご親切に。もう戻りましたから」

出口を指した久米に、右京が用件を切り出す。

「久米さん、こちらのお店によく平直哉さんがいらしてましたよね？」

「はい」

「彼の事件のことはもう？」

久米はごくりと唾《つば》を飲み込んでから答えた。

「ええ、野次馬の方から伺いました。それが何か？」

「実は彼の部屋にあった質札に、ちょっと気になることがありましてね。確かボールペンで千円、神社のお守りで千円、ハンカチで五百円とありました。質草と貸しつけた金額が、ちょっと釣り合わない気がするんですがねえ」

細かいところが気になる、右京らしい指摘だった。

「それはまあ、商売ですからね。儲けは大事です。ですがね、質屋にはその他にも役割がある。私はそう思ってるんですよ。江戸の昔から庶民ってのはどうしたって暮らしに浮き沈みがある。食うに困った時はお互い様。まあ、社会事業の一環です」滔々《とうとう》と自分の哲学を述べた久米は、右京の顔つきが気になって訊ねた。「なんですか？」

「素晴らしい！　実に素晴らしい信念です。まさに質屋さんの鑑《かがみ》ともいえる信念だと僕は思います。ええ」

右京は手を叩いて褒めちぎった。

「いやあ、それほどでも」

素直に受け取って謙遜する久米は、確かに悪い人ではない。

「よろしければ、平さんが預けた質草、拝見出来ますか？」

「ええ、お安い御用です」

うまい具合に右京に乗せられた久米はふたつ返事で請け負ったものの、平の質草を入れていたガラクタ袋がないことに思い至って狼狽《ろうばい》した。

「何かお困りですか？」

右京に催促された久米は、

「いえいえ、ちょっと待っててくださいね」

と言い置いて奥の間に行き、適当なお守りとハンカチ、それにボールペンを見繕って持ってきた。

「おや、ここ、〝隅吉商店街〟と書いてありますね」

久米は慌てる余り、景品のボールペンを持ってきてしまった。

「それは去年、うちの商店街で作ってお客さんに配ったものなんですよ」

「自分たちで作ったボールペンをお客に配って、そのボールペンをお客から預かってお金を貸してあげた」

どう考えても不自然だぞ、と内心思って、久米は冷や冷やしたが、思わぬ右京の反応に助けられた。

「あっ、社会事業の一環？」

「そう！　それそれ！　その一環です。それじゃあ、またいつでも遊びに来てください」

「いつでも？」

「ええ、いつでも」

社交辞令で言ったつもりが、右京にそれは通じなかった。

「実は、そこの和菓子屋さんでおまんじゅうを買ってきました。ふたり分。よろしければご一緒に」

「今？」

包みを取り出した右京に、久米は呆れ返った。

「あっ、これはお茶がないと喉《のど》に詰まりますねぇ」

「お茶？」

「ええ、喉に……」

と奥の間の方に目を遣る右京は、明らかに部屋に上げてくれと懇願していた。

仕方なく、久米はフェルナンドを外に出して、右京を奥の間に招じ入れた。

「汚くしてますけど、どうぞ」

「突然、すみませんねえ」

庭に面したガラスの引き戸を閉めた久米は、鍵の部分のガラスが割られていることに気付いた。

――平くんはここから鍵を開けて入ったのか。

そう思ったときに、右京がまんじゅうの包みを提げて入ってきた。久米は破られた窓を隠すように急いでカーテンを閉めた。

「おや、隙間風が激しいようですね」

わずかに揺れるカーテンを見て右京が言った。

「ハハ、古い家ですから」

ガラス窓の破れに気付かれまいと、久米は必死である。

「夜、ここでお休みになるの、寒くありませんか？」

「いや。私、風通しのよいところでないと眠れない体質でして」

「ああ、そうですか。おや、金庫があるんですねえ。ここには何が？」

右京は目ざとく部屋中をチェックしていた。

「お客さんに渡すために、少しだけ現金が入ってるんです。他には一切何も入っていません。しかも、非常に安全な金庫です」

「プッシュナンバー式ですね」

「ええ、四桁の暗証番号を入れます」

「ずっと同じ暗証番号ですか？」

「いえ、一週間ごとに変えています。親父の代からの習慣で」

「さすが老舗《しにせ》の質屋さんですねえ。防犯が行き届いている」

「まあ、古いってだけがうちの取り柄でして」

狸と狐の腹の探り合いのような会話を繰り返すうち、久米の頭にふと根本的な疑念が湧き上がってきた。

──そういや平くん、どうやって金庫を開けたんだろう？

一方、右京は金庫の鍵のナンバーキーにうっすらと黒い粉がついているのを見逃さなかった。そして金庫の扉の前の畳の上にも、同様の黒い粉が落ちていることも。

「あっ、ごめんなさい。お茶でしたね」

久米は思い出したように茶簞笥《だんす》の前に行った。

四

「その黒い粉って一体、なんだったんです？」

その夜、行きつけの小料理屋〈花の里〉のカウンターで、享が右京に訊ねた。

「少々持ち帰って米沢さんに調べてもらったのですが、やはりコピー機のトナーの粉末でした」

カウンター越しに聞いていた女将の月本《つきもと》幸子が会話に加わった。

「でも、どうしてそんなところにトナーの粉末が？」

右京はそれには答えずに、電卓を拝借できないか、と幸子に言った。右京がそれで実演して説明したのは次のようなことだった。もし仮に何者かがあらかじめ金庫のナンバーキーの指紋を拭きとっていたとしたら、次に何も知らない久米が暗証番号を押したときに四つのボタンに指紋が残る。そしてコピーのトナーの粉末は、指紋採取用のアルミ粉の代用になる。その四つのボタンの順序は、4×3×2×1、すなわち二十四通りの並びのどれかが暗証番号と一致する。

大学院の数学科に在籍している平ならば、この金庫破りの方法はすぐに思いつくだろうし、しょっちゅう店に出入りしていたのであれば、指紋を拭きとっておくことも可能であろう……というのが右京の説だった。

「でも、もしそうなら、その久米さんって方、どうしてそのことを警察に届けないんでしょう?」

幸子が素朴な疑問を口にした。

「盗まれたのが現金だけならば普通、警察に届けますねえ」と右京。

「つまり、現金と一緒に、他にも何か盗まれたものがあって、久米さんはそれを警察に知られたくなかった」

享の言葉に右京も同意した。

「ええ。久米さんが現場の近くで捜していたのは、おそらくその知られたくないもののほうでしょうねえ。それがなんであれ、僕は今回の殺人に関係している可能性が高いと思っています。で、そちらのほうは?」

右京と別行動をとっていた享が、その成果を報告した。久米と小池の様子に不自然なものを感じた享は、寄合所に将棋を指しに来ているお年寄りに、ふたりの関係を取材したのだった。そのお年寄りによると、ふたりは小さいころから犬猿の仲で、寄ると触ると口げんかをしていたということだった。

「なるほど。ずっと犬猿の仲だったふたりが今回の事件が起きた途端、仲よくしなければならない事情が出来た、というわけですね？」

右京が深く頷いた。

一方、商店街に聞き込みをかけていた伊丹と芹沢は、飲み屋街のある居酒屋の店主から、平が見かけない男と話し込んでいたという情報を得た。それは先週のこと、小上がりのテーブル席でふたりは一時間ばかり話していた。料理を持って行ったときに小耳に挟んだところによると、一千万円だとか千五百万円だとか声を潜めていたということだった。

「やっぱ、ガイシャはなんかやばい仕事してたんですよ」

店主が会計のためにレジに呼ばれたところで、芹沢が伊丹に囁いた。

「それで仲間割れか。一千万なら殺しの動機になり得る大金だ」

伊丹が渋い顔で決めつけたとき、

しまった。

「はい、おつり一千万円」

という店主の声が耳に入ってきた。

「えっ？」芹沢が思わず振り向く。

「大将、そこの三千万の焼酎のボトル入れて」

別の客が店主に声をかけた。もう伊丹にも芹沢にも、何がなんだか分からなくなって
しまった。


伊丹と芹沢からこの居酒屋での聞きこみの話を、警視庁のトイレで盗み聞いた落語好きの米沢は、右京と享の前で大笑いした。

「質屋通いしていた被害者に、そんな大金、縁があるわけないでしょ。一千万円は千円、千五百万円は千五百円ですね」

享もその話のオチに賛同したが、右京はそれに異を唱えた。

「そうでしょうかねえ？　大の男がふたり、千円や千五百円のことで声を潜めてコソコソ話しますかねえ？」

「言われてみれば確かにそうですな」

右京に言われて米沢も考え直したようだった。

「これは被害者の部屋にあったものですね？」

机の上に並べられた証拠品の中から傘を手にとって開いた右京は、はっという顔をした。

久米と小池は、小池の店の前にしゃがんで不良の高校生よろしく石焼き芋を頬張《ほおば》りながら、ガラクタ袋の行方を案じていた。

「大体、おまえが盗まれたりするからこんなことになるんだぞ！」

「何言ってんだよ！　元々はおまえが若い女と……」

いつものごとく口げんかが始まりそうになったところへ、

「こんにちは」

と右京が声をかけた。

「また何かご用でしょうか？」

戦々恐々として訊ねる久米に、今日は小池に用があって、と右京が告げ、いきなりのことにきょとんとした小池にこう言った。

「実は、亡くなった平さんの部屋の傘立てに傘が入ってましてね。おや？　と思って確かめてみたところ……ちょっと失礼」右京は持参した傘を開いて言った。「ほら、ここ！　この傘の紋、あなたの羽織の紋と同じなんですよ」

確かに小池の羽織の背中についている紋と、傘についている紋は同じだった。それを見た久米が小池を問い詰めた。

「これ、おまえんちの傘じゃん。おい、なんで平くんの部屋におまえんちの傘があるんだよ！」

「俺が知るわけねえだろうが！」突っぱねた小池は、右京の顔を見て言い直した。「あっ、いや。本当です」

そのとき、店の中から和服姿の小粋な美人が出てきた。小池の女房である瑠璃子だった。

「あっ、ノブさん、いてよかった。キヨさん、お使いから帰らないのよ。ちょっとお店……」

と言いかけたところで右京に気付いた瑠璃子に、右京が改めて自己紹介をした。

「亡くなった平くんの部屋にうちの店の傘があったんだって」

急にしおらしくなった小池が、瑠璃子の傍らに駆けよって耳打ちした。すると瑠璃子は意外なことを言った。その傘は一週間くらい前、急な雨にあって軒先で雨宿りしていた平に瑠璃子が貸したものだというのだ。

「瑠璃ちゃん、平くんと知り合いだったの？」

久米が複雑な顔をして小声で訊ねると、瑠璃子はこう答えた。

「知り合いってほどじゃないけど、商店街でよく見かけてたから」

そのとき享は、小池呉服店の古株であるキヨをお使いに出たところで掴《つか》まえ、近くの神社に連れ出して話を聞いた。

「そうなんですよ。ここだけの話ですけどね……」

甘栗を頬張りながらキヨが打ち明けたところによると、ひと月くらい前、小池がひと晩中帰ってこないことがあったという。そして翌日の九時ごろになって、

――飲みすぎちゃったよ、頭痛えな。

と店先で掃除をしているキヨにわざと聞こえるように呟きながら店に入っていったが、その割には酒のにおいはせず、代わりに香水のにおいがプンプンしていた……そう言ってキヨは顔を顰《しか》めてみせた。

五

「この寒いのになんでこんなとこに集まるんだよ」

その夜久米に、商店街の場末にある建設現場の前に呼び出された小池は、あたりを見回して身震いした。そこはちょうど建物と建物の狭間の谷底のようになっていて、見上げると四角く切り取られた夜空に月が寒々と光っていた。

「俺んちもおまえんちも、奴がいつ現れるかわかんないだろ」

久米の言葉に小池も頷いた。

「あの刑事か」

「うん」

そこで久米が改まったように小池に言った。

「なあ、ノブ、俺思うんだけどな、もしかしたら誰かが平くんに頼んで、あの動画を探させたんじゃないかな？」

「目的は金庫の現金じゃなくてあの動画だったってことか？　それならいくら探したって見つからないはずだ」

「もし、あれを手に入れるために、殺人を犯す人間がいるとしたら」

久米の言葉にふたりは目を見合わせ、同時に言った。

「犯罪の陰に女……」

――もしかしたら……。

そのとき、ふとひとつの光景が久米の頭をよぎった。それは盗みを終えた平が戻ったアパートの部屋で、ある女が待っているという図だった。その女は瑠璃子で、小池の浮気が知れたら世間の噂《うわさ》になると案じ、SDカードを盗むよう平に頼んだのだ。そしてかねてより瑠璃子に憧れていた平が、危険を冒した見返りに瑠璃子の身体を求め、それに抵抗した瑠璃子は、たまたま手に触れた棍棒を振り上げて……。

「ひょっとして」

と久米が言いかけると、同時に小池が言った。

「あの若い女が……」

その言葉を聞き咎《とが》めた久米が問い詰める。

「若い女？　それってあれか？　おまえが浮気した？　なんでここにおまえの浮気相手が登場してくるんだよ！」

「あっ、いや、ほら、関係者だから」

言い淀む小池に久米が詰め寄る。

「おまえ、俺になんか隠してるな？」


ちょうどそのころ小池呉服店では、店じまいの後、番頭が帳簿を持って瑠璃子のところに来ていた。

「おかみさん、帳場の金がまた合わないんですよ」

瑠璃子は一瞬考えて答えた。

「ああ、それは……あとで私が見るからそこに置いといて」

「いや、しかしおかみさん、先月も金が合わなかったんですよ。これ、おかしいですよ、ちゃんと調べないと」

「いいからそこに置いといて」

「はい」

おかみにそうまで強く言われたら、いくら番頭でも引き下がらざるを得なかった。反物《たんもの》をしまう手を休めて、瑠璃子は虚空を見た。頭のなかではあの驟雨《しゅうう》があった日の平の言葉がリフレーンしていた。

——奥さん、幸運って信じます?


「何を隠してるんだ! ノブ、言え!」

建設現場の前では、久米の追及が続いていた。

「いや、な、なんにも隠してない!」

言い争いは次第に揉み合いに変わり、組んずほぐれつしているところへ、頭上で硬い金属音がした。見上げると太い鉄パイプが何本も落ちてくる。

「あっ、危ない!」

小池は久米を突き飛ばし、自分も地面に転がった。ガランと大きな音を立てて鉄パイプが地を叩く。音が収まって久米が顔を上げると、小池がうつ伏せに倒れている。

「ノブ? ノブ、大丈夫?」

久米が屈みこんで見ると、小池は頭から血を流していた。

「ノブ！　なんだよ！　ノブ‼」

久米は悲鳴に近い声をあげた。

救急車で運ばれた病院の一室で、小池は白い包帯を頭に巻かれ、ベッドにちょこんと腰を下ろしていた。対面するのは特命係のふたりと捜査一課の伊丹、芹沢。その脇で瑠璃子と久米が心配顔で見ている。

「では、おふたりは何者かに命を狙われたと？」

右京が口火を切って小池に訊ねた。

「ええ、誰かが私たち目がけて鉄パイプを落としてきたんですよ」

久米が小池に代わって答える。

「でも、無事でよかった。お医者様の話だと軽い脳震盪《しんとう》で心配ないそうなんです」

瑠璃子が安堵《あんど》のため息を吐いた。

「実に不幸中の幸いでしたね」

右京が応ずると、小池が嬉しそうに言った。

「私ね、こう見えても運動神経いいほうなんですよ」

そこで右京が本題に入った。

「さて、小池信雄さん。あなたは十一月四日、午後十時過ぎ、若い女性と〈ホテルスティング〉に行きましたね？」

小池と瑠璃子の間に冷たい風が流れる。それを吹き払うように、久米がしゃしゃり出て、小池に代わって答えた。

「いやいや、あれはね、出来心なんですよ。あっ、本当だよ、瑠璃ちゃん。本当。ノブ、おまえからちゃんと言え！　出来心！　こいつね、積極的じゃなかったんですよ。それがね、その女がもうなんかこう無理やりホテルに引っ張り込んだ」

小池のため、瑠璃子のため熱弁を振るった久米が、右京のひと言で口を閉じた。

「そこで昏睡《こんすい》強盗に遭ったのですね？」

「そうそう！　そこでこん、こん……昏睡強盗⁉」

「秋頃から都内で頻発してるんです、昏睡強盗」

伊丹が右京の背後から言った。

「ノブさん、本当なの⁉」

瑠璃子も意外な顔で夫に迫る。右京がそこで状況を整理した。

「ホテルの方の話では、女性のほうは十五分ほどで出ていった。ところがあなたは、翌朝九時前にフロントが電話をした時もまだ眠っていたようだったと。場所柄を考えれば、ちょっとあり得ない熟睡の仕方ですねえ」

「面目ない！　恥ずかしくて言えなかったんだ！」

小池がベッドの上に正座し直して、ひたすら土下座をした。

初めは、〝財布を落としたから一緒に捜してくれ〟と女に言われたのだった。人のいい小池は一緒になって捜したが、見つからなかった。そして〝地方から出てきて相談相手がいない、外は寒いからどこかで話を聞いてくれ〟などと言われ、ホテルに入った途端、一服盛られて財布の中身を全て盗られてしまった……。

「かっこ悪くて言えやしないでしょう」

全てを告白した後、小池はそう結んだ。

「十分被害者だと思いますよ」

右京が同情すると、瑠璃子がホッとした顔で言った。

「水臭い人！　私、あの日以来、てっきりあなたが浮気してるもんだと……」それはキヨが言った〝朝帰りの日〟のことだった。「私ね、あなたが浮気しててもその人から取り戻そうって思ってたのよ。平くんが言ってたみたいに、〝幸運を取り戻そう〟って。私の幸運はノブさんと出会えたことだもの」

「瑠璃子……」

小池は妻の顔を見た。

「私、信じていいのね？」

「もちろん！　俺もホテルは乗り気じゃなかったんだよ。なあ？　健一」

小池は幼なじみに同意を求めた。

「そうなの？　健ちゃん」

瑠璃子に訊かれて、久米は大きく頷いた。

「ああ、ノブはね、ホテルの前をこう行ったり来たりして……本当だよ？　証拠だってちゃんとあるんだから」

その言葉に右京が反応した。

「おや、もしかして撮影しましたね？　なるほど。その映像を握られていたために、小池さんは久米さんのアリバイを偽証した」

「じゃあ、あなたは昏睡強盗の犯人の顔を撮影したんですね？」

芹沢が身を乗り出した。

「いやいや、健一はほんの出来心で悪意はなかったんですよ」

今度は小池が久米の弁護をしたが、伊丹がそこに割り込んだ。

「そんなことはどうでもいい！　いいですか？　その女は何度も昏睡強盗を繰り返してるんです。巧妙な奴で、防犯カメラには全く顔を残さないようにしてる。その動画は犯人逮捕の重要な手掛かりです。今すぐに提出してください！」

「それはその……」

困惑している久米を、右京が一喝した。

「久米さん！　そろそろ本当のことを話して頂けますか？」

観念した久米は全てを打ち明けた。

「じゃあ、動画の件がバレちゃいけないと思って、金庫の中のものが盗まれたことを隠してたんですか？」

亨が呆れ顔で訊いた。

「すみません」

久米は頭《こうべ》を垂れた。

「おい、平さん殺害は昏睡強盗の唯一の手掛かりであるその動画を奪うための犯行だったんじゃ……」

ヒソヒソ声の伊丹に、芹沢がやはりヒソヒソ声で応えた。

「そして、犯人はばっちし顔の写ってる動画を見ているふたりの命を狙った！」

「あの、差し出がましいようですが……」

そのふたりに何か言いたげにしていた右京は、完全に無視された。

「芹沢、ガイシャと接触のあった女探すぞ」

「はい！」

鉄砲玉のように病室を出て行ったふたりを見送って、右京が改めて訊いた。

「ところで、瑠璃子さん。先ほどあなたは平さんが〝幸運を取り戻す〟と言っていたとおっしゃいましたね？」

「ええ、傘をお貸しした時……」

平はこう言ったという。

──僕の幸運はすぐそこにあったんです。でも、気づいてなかった。やっぱり幸運は取り戻さないと。

それを聞いて、右京は納得がいったようだった。

「幸運は取り戻さないと……なるほど。平さんには、幸運のありかがわかっていたわけですね。それであんなことになってしまった」

右京のその言葉に、久米は混乱をきたした。

「え？　どういうことですか？　犯人はその昏睡強盗の女なんですよね？　顔が写ってる動画を見たからこそ、俺たちふたりは狙われたわけで……」

そこで享がうがった意見を述べた。

「動画は隠し撮りだから、女は撮影されていたこと自体、気づいていないはずです。ましてやSDカードが金庫のガラクタ袋に入ってたなんて、わかるはずがない」

「じゃあ、なんで犯人は俺たちを？」

小池の疑問に、右京が答えた。

「犯人が狙ったのは健一さんだけです。犯人が欲しかったものを知っているのは、健一さんだけですから」

「ええ？」

驚いた久米は、右京の求めるまま、自分の店にふたりを連れていった。そして店の台帳を二冊見せた。一冊は〈質物台帳〉、つまり質入れしたもののリストで、もう一冊は〈古物台帳〉、すなわち買い取ったもののリストだった。右京はそのなかから平が持ち込んだものを探した。

「本当に価値のないガラクタばっかりっすよ」

念を押す久米に、右京は答えた。

「ええ、平さんも初めはそのものの価値を知りませんでした。価値があるとわかった時にはすでにあなたのものになっていた。もちろん今さら返してくれとは言えない。しかし、どうしても取り戻したかったんです」

「杉下さん、これ！　買い取りです」

古物台帳を見ていた享が、ページをめくる指を止めた。その欄を見た右京の顔色が変わった。

「久米さん。こちら、確かに平さんが持ち込んだものですか？」

「ええ」

「健一さん。犯人逮捕にご協力願えますか？」

「喜んで」

右京の依頼に、久米はしっかりと頷いた。

六

それは都下にある競輪場の払戻所でのことだった。非開催日にあたっていたので、あたりにはまったく人気はなかった。

「これ……」

「払い戻し車券ですね？」窓口の女性が対応した。

ハンチングを被った男が車券を窓口に出す瞬間を、右京が捉えた。

「待ってください」

その男、春日由紀夫《かすがゆきお》は、平が盗みに入ったとき久米質店に来ていた客だった。

「失礼」指紋が移らないようにハンカチを使って窓口に置かれた車券を手に取った右京が言った。「これ、今日が払い戻し最終日の当たり車券ですね？　三百円分で配当金は千五百三十九万円。これは、平直哉さんが久米質店の金庫から盗んだガラクタ袋に入っていたものですね？」

「何のことかな？　それ、俺の車券だ。返せよ！」

伸ばした春日の手を躱して、右京が続けた。

「いいえ。あなたは平さんと共謀して、久米質店の金庫から現金とガラクタ袋を盗んだ。その目的は、初めから袋の中のこの車券だったんです。調べれば、この車券からは亡くなった平さんと久米さんの指紋が出てくると思いますよ」

観念したと見せかけた春日は、脱兎《だっと》のごとく逃げ出した。その行く手を伊丹と芹沢が阻んだ。その後ろに享と久米がいた。

「間違いありません。この男が、平くんが盗みに入った時、店に来ていた客です」

久米の首実検は、右京が示した店の防犯カメラの静止画像で裏打ちされた。

「これがその時のあなたを写した防犯カメラの映像です」

それを見て年貢の納め時と悟った春日が、大きなため息を吐いた。

「しかし、なぜ車券が質屋の金庫なんかに？」

伊丹が右京に訊ねた。

「二か月前に平さんが持ち込んだんです」

その車券はお守りと一緒に平が久米に預けたものだった。

——これで晩飯代五百円、お願い！

そう懇願する平に、久米は説教した。

——何これ、競輪の車券じゃない。学生のくせに競輪なんかして！

——いや、これは朝、パチンコ屋に並んでたら後ろのお年寄りが「場所取っとくから、競輪場で車券買ってきてくれ」って頼むんでね。競輪場とか初めてなんで記念に自分のも買ったの。これ、大学入試の時の受験番号「2－5－1」。

——こんなのはね、質草にならないの！

——じゃあ、買い取りで。俺見てないけど千円ぐらい当たってるかもしれないよ？

「久米さんは平さんを説諭《せつゆ》し夕食代を貸して、車券とお守りをガラクタ袋にしまった」

そこで春日が白状した。

「平はパチンコ一筋でね、それが万車券だって教えてやったのは、俺だよ」

「あー、じゃあ平さんが居酒屋で大金の話をしてたってのは……」

芹沢が納得顔で言った。

「配当金を山分けする話ですね」

右京の言葉に春日が頷く。享が続ける。

「配当金の払い戻し期限は六十日。期限まであともう少ししかない」

右京がすべての種明かしをする。

「たとえ金庫に近づけたとしても、二十四通りの暗証番号を試すには一定時間久米さんを金庫から遠ざけておかなければならない。そこで、あの日、あなたが客を装って久米さんの注意を引きつけておくことにした。その間に平さんは縁側のガラス戸から侵入し、トナー粉で指紋を見つけて暗証番号を割り出した。鍵が外れ、金庫が開く。ところが久米さんが異変に気づき、平さんは車券を狙ったと気づかれないように、現金と袋を持って逃げようとしたところを久米さんに見られてしまった。平さんの部屋で待ち構えていたあなたは、配当金を独り占めするべく戻ってきた彼を正面から一撃。やはり車券に気づかれないよう現金と袋を持ち去った」

「どうしてこいつはすぐに車券を金に換えなかったんです？」

伊丹の疑問に、右京が答えた。

「久米さんに車券の一件を感づかれたと思ったからです。違いますか？」

春日が首肯《しゅこう》した。

「質屋の窃盗事件が報道されなかったんでね。感づかれたと思ったよ。他に警察に届けない理由なんてないだろ」

「久米さんには、窃盗事件を隠す別の理由があったんですよ」

「えっ？」春日は意外そうな顔で聞き返した。

「そのことを知らなかったあなたはこう考えた。久米さんは自分の顔を見ている。配当金をもらえば、久米さんが分け前を要求してくるに違いないと。そこで、あなたは昨夜、後難を断つべく久米さんの口を封じようとした」

「あんた、車券のこと、気づいてなかったのか？」

唖然とした顔で振り返る春日に、久米は大きく頷いた。そして春日を詰《なじ》った。

「あんた、金なんかのために人の命取ることないだろ。平くんはまだ学生だったんだぞ」

根っからのワルの春日は、開き直って言った。

「ああ、あいつはお人よしのひよっこだったよ。俺はな、夜中に押し入って質屋の親父、ガツンとやって金庫を開ければ早えっつったのにあの野郎……。おじさんにケガをさせるのは絶対に嫌だって言い張ってね。はは、ははは」

高笑いをする春日に、久米が飛びかかった。

「おまえは！」

興奮する久米を、芹沢が押さえた。

「落ち着いて、落ち着いて！」

そうして伊丹とともに春日を引っ立てて行った。


一件落着したあと、スカイツリーが見える隅吉商店街の近くの公園で、無事退院した小池が右京と亨とともに久米を囲んでいた。

「元気出せよ、健一」

打ちひしがれている久米を、小池が励ました。

「平くん、車券のこと、ひと言相談してくれてたらなあ」

「そうしたらあの車券は返してあげましたか？」

右京が訊ねると、久米はその時のことを想像しながら答えた。

「そうねえ……相談されてたら私が金を受け取って、平くんに口座を作らせて貯金して、彼が立派な社会人になったら通帳とかカードとか渡してやってたね」

最後は涙ながらの言葉に、右京が頷いた。

「平さんも、久米さんならきっとそうすると思ったかもしれませんね。でも、待てなかった。あっ、配当金は奨学基金に寄付されたそうですね」

「平くんみたいな若い学生のためになればと思って」

そんな久米を見て、小池が笑った。

「業突く張りな顔してるくせに気の利いたことするでしょ？」

「フン！　おまえ、なんだ？　店の金に手つけて何やってんだ！」

また口げんかが始まるかと思いきや、小池が思わぬことを口にした。

「いや、あれは瑠璃子のためなの」

「瑠璃子さんのために？」亨が訊いた。

「うん。昏睡強盗に遭ったあと、こりゃ悪くすりゃ死んでたかもと思ってね。このままじゃいけない、何か女房のためにやっとかなきゃと思って、内緒で生命保険入ったの。でも、小遣い使い切ってたから掛け金をちょっと拝借」

それを聞いて右京が微笑《ほほえ》んだ。

「フフ……拝借せずに払えていたらなおよかったですがね」

苦笑する小池に、久米が再び突っかかる。

「まあ、おまえは死ぬくらいしか役に立たないからな」

久米が小馬鹿にすると、小池は口角に泡を飛ばして言った。

「浦島に助けられた亀が偉そうに言うな！ 俺がいなきゃ、おめえは鉄パイプでぺしゃんこだぞ！ 亀！」

「ハッ！ おまえなんかな、玉手箱の煙吸ってもーっとじいさんになれ！」

「何⁉」

仔犬のじゃれあいにも似た幼なじみの口げんかを、享が止めた。

「まあまあ、まあまあ」

そこで右京が思い出したように手を打った。

「あっ、そうそう！ 犯人の供述でガラクタ袋が見つかって、例の動画のおかげで昏睡強盗も捕まったそうですよ」

「おお！ そりゃよかった」

久米と小池が喜びの声を上げ、真の一件落着と、四人は揃って拍手した。

「あっ、忘れてました。これをお返ししなくちゃ、と」

久米が懐からだるまを取り出した。

「ああ、これはこれは……」

受け取った右京の脇から、享が手を伸ばした。

「それ、俺のなんですよ」

「ああ、若いのに」

小池が感心したところへ、瑠璃子が紙袋を掲げてやってきた。

「こんにちは。その節はどうも。これ、皆さんで」

差し出した袋の中身はたい焼きだった。皆が笑顔でたい焼きを手にすると、瑠璃子が言った。

「ノブさん、〈いづつ屋〉さんがいらしたわよ」

「おう！　じゃあ、これから商売に精を出しますんで。失礼します」

「本当にいろいろとありがとうございました」

深々と頭を下げ、夫とふたりで去って行く瑠璃子の背中を目で追ったのち、たい焼きをしみじみ見て久米が言った。

「亀が鯛を食うか」

「久米さん、乙姫は瑠璃子さんだったんですねえ」

「えっ？」

久米は右京の言葉の真意を計り兼ねた。

「あなたが動画のことを必死に隠し続けたのは、小池さんの浮気を瑠璃子さんが知ったら悲しむ、本当はそう思ったからではありませんか？」

「まあ、亀には多少の知恵があるからね」

たい焼きを頬張ったまま、久米が言った。

「乙姫は浦島と亀がいて初めて幸せ、ということでしょうかね」

そこで享が右京に腕時計を見せた。

「杉下さん、そろそろ時間ですよ」

「おやおや、もうそんな時間ですか。あ、これからわれわれ、これがありますので」

右京が久米に腕章を出して見せた。

「さようなら」

爽やかな笑顔で挨拶をする久米にお辞儀を返し、右京は「行きましょう」と享に応えた。

というわけで、今日も商店街のパトロールに就いたところで、享が愚痴をこぼした。

「ところで、俺ら、いつまで防犯パトロール続けるんですか？」

「それは、僕にも皆目見当がつきませんねえ」

「ええ！」

大きく落胆して見せた享の目にはしかし、〝下町人情〟を謳うこの街が、妙に懐かしく映るのだった。

第九話
「サイドストーリー」

一

夜の池袋の路上で美人ホームヘルパーが殺害された。被害者の名は三塚奈々《みつかなな》。しかし、被害者は実はふたつの顔を持っていた。ホームヘルパーの仕事を終えると池袋のキャバクラでアルバイトをしていたのだ。関係者によると、被害者は自宅には滅多に帰らず、常連客の家を泊まり歩いていたということだった。そして被疑者の男はまさにその客のうちのひとりだった。

そんな折、警視庁が民間に委託して運営している匿名告発ダイアルに、この殺人事件に関する告発があった。

〈女性ホームヘルパー殺害事件の真犯人は別にいる。〉

報告書にはそう記されていた。

そのことを告げに来た刑事部長の内村完爾《うちむらかんじ》と参事官の中園照生《なかぞのてるお》に、捜査一課の伊丹憲一は反論した。

「いや、待ってください。現場から逃走した被疑者をその場で確保したんです。あとは自白を引き出すだけです」

「被害者の衣服に指紋も残ってますし」

同じく捜査一課の芹沢慶二も口を尖らせた。

「そんなことはわかってるよ。しかし、通報があった以上は調べないわけにはいかんだろ」

内村が不機嫌そうなだみ声で言った。

「市民の意見を聞かなかったと批判されかねませんからねえ」

中園もそれに同調する。

「しかし、今手いっぱいですし、そんな暇な人間……」

伊丹が苦しい声で訴えると、内村が、

「暇な人間？」

と眉をぴくりと動かした。

「おい、暇か？」

特命係の小部屋に、いつものせりふとともに隣の組織犯罪対策五課の課長、角田《かくた》六郎《ろくろう》が入ってきた。

「暇ですねえ」

海外ミステリ小説の原書を読んでいた杉下右京は、顔も上げずに答えた。

「うぃーっす」

パソコンでネットを見ていた甲斐享も、退屈そうに返事をした。

「はあ、まったくもう……コーヒーもらうよ」

角田は呆《あき》れ顔でパンダがついたマイカップにコーヒーを注ぐ。

「かわいそうに」

享が呟《つぶや》く。パソコンのネット掲示板をちらと見た角田が言った。

「ああ、例のキャバ嬢をやってたホームヘルパーの事件か」

「この被害者、ネットで叩かれまくってますよ。〝二十三の若さでバツイチ、おまけに客の家を泊まり歩いてたんじゃ事件に巻き込まれて当然だろ〟……個人情報を明かされて、実家まで特定されてますよ」

享がネットの書き込みを読むと、角田がため息を吐いた。

「ああ、嫌な世の中だね。殺害されてその上ネットでも叩かれるなんてな」

「まったくですね」

いつの間に右京もやってきて享のパソコンを覗いていた。

「相変わらず床屋談義にお忙しいようで」

その背後から皮肉たっぷりの声がした。三人が振り返ると、伊丹と芹沢が立っていた。

「おやおや、わざわざいらしたということは、何か仕事でも？」

右京に答える代わりに、伊丹は無言で匿名告発ダイアルから回ってきた文書を見せた。

暇な特命係にようやくお鉢が回ってきた。

右京と享は早速、鑑識課の米沢守を訪ねて事件のあらましを聞いた。

〈池袋女性ホームヘルパー殺人事件〉と記されたホワイトボードの前で、米沢は説明した。それによると現場は被害者が勤務するキャバクラの裏手。第一発見者は、同じキャバクラに勤務する女性だった。幸いなことに警邏《けいら》中の巡査がその女性の悲鳴を聞きつけて、逃げようとしていた男性の身柄を直ちに確保した。そのほとんど現行犯に等しい被疑者は柿谷雅臣《かきたにまさおみ》という男で、社会保険労務士という堅い仕事に就いているが相当なキャバクラ好きで、この半月だけでも九回もその店に行き、そのたびに被害者を指名した上、〝お持ち帰り〟までしたらしかった。しかし捜査一課の取り調べに対しては、柿谷は被害者との関係を否定しており、その日もメールで呼び出され、到着したときには死んでいたとのことだった。

「で、被害者が送ったメールというのはこの中ですか？」

右京は机の上に並べられた証拠品の中から携帯電話を取り上げた。

「ああ、そうです、そうです。ちょっとお待ちください」

米沢が右京から携帯を受け取って、メールの送信画面を開いた。

〈柿谷さん　今夜バイト前に会える？　ちょっと相談あり。奈々〉

そこにはそうあった。

「相談か。別れ話を切り出してそれで揉めたんじゃ……」

享がそう言うと、米沢が携帯の別の画面を出しながら応えた。

「それが少々妙なことがありまして。被害者はSNSに頻繁に書き込みをしてまして、ある程度彼女の行動線が読み取れるのですが……」

「ああ、いますよね。どっか行くたびに書き込む人」と享。

「ええ。で、これが事件直前の書き込みなんですが」

米沢が開いた事件のあった日の画面には、〈浅草なう！　雷門キレイ！〉や〈今夜は浅草で食事！〉という書き込みがあった。

「浅草ですか」右京が呟いた。

「ええ。しかし殺害されたのは池袋の路地裏。なぜこんな嘘の書き込みをしたのか、妙だと思いませんか？」

「確かに」米沢に同意した右京は、別な物に関心があるようだった。「妙といえばこの介護ノートも妙ですねえ」

「妙というと？」享が聞き返した。

「これは、ホームヘルパーが滞りなく作業を行ったかどうかを家族がチェックするためのノートです」

「それで？」と享。

「介護終了後には家族に渡されるものです」

「それで？」と米沢。

「ですから、どうして彼女がこのノートを持ち歩いていたのでしょうねえ。気になりませんか？」

「気になりますね」

享と米沢が口を揃えた。

二

右京と享は奈々が登録していた介護派遣会社の事務所に赴き、そこを統括している勝《かつ》間《ま》に話を聞いた。

「びっくりしたわよ。まさかあんなに男関係が乱れてたなんて私ら知らなかったもの」

五十年配の勝間は、呆れ顔で応えた。

「事件の前、何か彼女に変わったことは？」享が訊《たず》ねる。

「変わったことねえ……あっ、そういえば先週だったかな、奈々ちゃんのいとこって人がここに来たのよ。連絡がつかなくなってるから教えてほしいって」

「いとこ？」

「一応、うちでわかることは教えたけど、今考えれば連絡つくはずないわよね。お客の家を泊まり歩いてたんだし」

そこで右京が最も気になっていることを訊ねた。

「ところでこのノートなんですが、どなたのものかわかるでしょうか？」

勝間はそのノートをぺらぺらとめくって答えた。

「ああ、これ、小宮山佳枝《こみやまよしえ》さんのだわ」

「その小宮山さんを三塚奈々さんが担当されていたわけですね？」と右京。

「ええ。大腿骨《だいたい》を骨折して寝たきりになったおばあちゃんなんだけど、こう言っちゃ悪いんだけど大変な人だから、奈々ちゃんはよく頑張ってくれたんだけどねえ」

「大変といいますと？」

その答えは小宮山佳枝の家を訪れた際に、身をもって知ることができた。

「嫌みばっかりでまったく協力してくれませんし、あれじゃお世話したくたって出来ませんよ！」

玄関先でプンプン怒っているのはどうやら新しいホームヘルパーで、平謝りに謝っているのは、佳枝のひとり息子である小宮山茂樹《しげき》らしかった。

「恥ずかしいところをお見せしちゃって……」

ふたりを家に招じ入れた小宮山は、お茶を淹れながら面目ない様子で言った。

「こちらこそ突然お邪魔して、すみません」右京はそう言うと奥の間で壁際のテレビの方を向いて不貞腐《ふてくさ》れたようにベッドに寝ている佳枝を一瞥して、本題に入った。「ところでこのノート、三塚奈々さんが所持していたのですが」

「奈々さんが？　どうりで見当たらないわけだ」

「中身を拝見しましたが、随分細かいチェック項目があるんですねえ。調理する食事の量やカロリーもきちんと決められていますし、掃除のやり方まで」

右京はノートをめくりながら言った。

「なかなか母はヘルパーさんを受け入れてくれなくて。料理も掃除もとにかく自分の思いどおりにならないと、機嫌を損ねてしまうんです。それでこれを」

小宮山は佳枝をちらと見た。

「感心しました。あなたがどれほどお母様を気遣っていらっしゃるかよくわかります」

少々照れ臭そうにしている小宮山に、享が訊ねた。

「最近、奈々さんを見ていて、何か変わったことはありませんでしたか？」

小宮山は首を傾《かし》げた。

「さあ……やり取りはノートを通じてしているので、最近は本人とは話もしてませんでした」

「そうですか。失礼ですが、他にご家族は？」

続けて享が訊ねると、小宮山はさらりと答えた。

「妻がいたんですが、二年前に離婚しました。ずっと母の介護をしてくれていたんですけど、妻のほうもストレスを抱えてしまって。今は一日おきに私が仕事に出ている時にヘルパーさんを呼んでいます」

「ノートによると奈々さんが一番長くお母様の担当をされていたようですが、お二人は気が合ったのでしょうか？」

右京の言葉に小宮山は頷いた。

「ええ。ひと月以上続いたのは彼女だけですからね。母も彼女の介護には文句はなかったようですし」

右京が重ねて訊ねる。

「彼女がなぜこのノートを持ち出したのか、心当たりはありませんか？」

「それは私には……間違えてバッグに入れたんじゃ？」

と小宮山が答えたところで、奥の間から佳枝の甲高い笑い声が聞こえてきた。

「バカだねえ。アハハハ。だから、私はこの女が犯人だって最初から言ってたんだよ！」

三人が目を遣ると、佳枝はテレビに向かって悪態を吐いていたのだ。

「犯人?」亨がその言葉に反応した。

「いえ、すいません。寝たきりなもので、ドラマの再放送を見るぐらいしか楽しみがなくて」

小宮山が頭を下げる端から、また佳枝の容赦ない毒舌が響いた。

「刑事っていうのはなんでこうもまあ、マヌケなんだろうね」

「わざと聞こえるように言ってません?」

亨が漏らすと、右京が苦笑した。


「杉下さん、とりあえず歩きながら読むのやめません?」

小宮山宅を出て住宅街を歩きながら、亨が幼い子に言い聞かせるように注意した。

「やはり妙なんですよ」

右京はそれを意にも介さない。

「何がですか?」

「たとえば肉じゃが」

「肉じゃがが妙?」

「毎月、必ず肉じゃがのレシピがあるんですが、三か月前と最近のものとを比べてみると肉や野菜の分量がかなり増えているんです。どうしてでしょう?」

「いや、たまたまじゃないですか？」

また細かいことを、と享は呆れ顔で応えた。

「他のレシピもそうです。同じ料理なのに分量や味つけが変わっています」

「あのおばあちゃん、味にうるさいって言ってましたからね。それより、被害者の家族や交友関係当たりません？」

「おや」

あるスーパーの前を通りかかったところで、右京はいきなり立ち止まった。

「はい？」

「介護ノートに貼ってあったレシートを見てみると、食材を購入していたのはこのスーパーのようですね」

「それが何か？」

右京は答える代わりに、享に一方的な依頼をした。

「僕はスーパーに入りますが、君にはちょっと行ってもらいたいところがあります」

〝行ってもらいたいところ〟というのは青梅にある被害者三塚奈々の実家だった。〈米《よね》重《しげ》〉という屋号の変哲もないせんべい屋を営むその家は、多くのマスコミ陣に取り囲まれて、異様な雰囲気に置かれていた。居間に享を通した母親の裕子《ゆうこ》は、鳴り続く電話の呼び出し音を無視して、お茶を出した。

「電話はいいんですか？」

気後れした享が訊いた。

「どうせいたずら電話ですから」

「いたずら、ですか」

「娘を非難する人たちが無言電話を……」

その隣で父親の公平《こうへい》が、疲れ切った表情で怒りをぶちまけた。

「娘を亡くしてその上なんだってこんな仕打ちまで。正直、テレビや週刊誌で報じられてる娘は私らが知っている娘じゃないですよ！」

「じゃあ、娘さんが夜間バイトしていたことは？」

奈々の遺骨と遺影に目を遣りながら享が訊いた。

「私にだけは教えてくれていました。介護福祉士になるために学校に行きたいから、お金を貯めるんだって」

答えた裕子に、公平が八つ当たりした。

「そんなことを許したおまえにも責任あるんだぞ！」

「でも……」一度鳴り止んだが再びけたたましい音をたてる電話をちらと見て、裕子は弁解するように言った。「あの子、最初の結婚で苦労してて、当分は男の人との付き合いはいいって言ってたし」

「苦労をしたというと？」

裕子が訴えるように答えた。

「旦那の暴力です。離婚してからもしつこく復縁を迫られて怖い思いをして。そんな子が知り合ったばかりの客の家を泊まり歩くと思いますか？　このことは警察の方にも何度も話したんですけど……」

裕子はテーブルの上に開いて置かれた週刊誌の記事をバン、と叩いた。

「そうでしたか」同情の意を示した亨は、話を変えた。「そういえば、介護派遣会社にいとこの方が連絡先を聞きに来たそうなんですが」

すると裕子が意外なことを言った。

「いとこ？　いとこはいますが、まだ中学生ですよ？」

三

右京はスーパーで買い込んだ食材を持って、まだ開店前の〈花の里〉に行った。厨房を借りるためである。

「すみませんね。大事な仕込みの時間にお邪魔してしまって」

カウンターのなかに入ったエプロン姿の右京は、奈々の介護ノートに記されたレシピを見ながら女将《おかみ》の月本幸子に謝った。

「いえいえ。私も杉下さんが作るお料理、とっても興味があります」

「といっても、レシピは他人が作ったものなんですがね」

そう言いながらタマネギを切っている右京の目は涙でいっぱいだった。


「どうぞ」

右京は特命係の小部屋で自作の料理を享と角田にふるまった。

「ああ、うまい」

箸《はし》をつけた角田が舌鼓《したつづみ》を打った。

「うん。本当にうまいよ。あんた、すごいね」

角田が右京を褒め上げる。

「レシピどおりに作っただけですがね。カイトくんは、どうでしょう？」

「いやあ、おばあちゃんが食べるものだからもっと薄味かと思いましたけどうまいっす。それに量も結構あるし」

素直に述べた享の感想に、右京が反応した。

「それです！　実は僕もそれが気になってましてね。高齢の女性が一度に食べる食事にしては、量やカロリーも過剰なんですよ」

「ええ。あっ、それから奈々さんのご両親がちょっと気になる話を……」

　享が言いかけたところに、伊丹と芹沢がやってきた。

「警部殿、定食屋でも始めるつもりですか？」

　デスクに並んだお膳を見渡して、伊丹がからかった。

「伊丹さんたちもどうでしょう？」右京がすすめる。

「えぇー、いいんすか？」芹沢が煮物の小鉢に手を伸ばしたところ、

「やめとけ」と伊丹が言った。

「やめときまーす」

　右京の誘いに乗りかけた芹沢を、伊丹が窘《たしな》める。

「話ってなんだよ？　こっちは忙しいんだ」

　伊丹が迷惑顔で言った。ふたりを呼んだのは享だった。

「この人物をご存じですよね？」

「うん？」

　享が出した写真を、伊丹と芹沢が覗き込む。

「浪岡譲《なみおかゆずる》。殺害された三塚奈々さんの元夫です」

「はいはい、被害者がＤＶにあってたって話でしょ？　でも離婚したの、一年前だしな」

芹沢が、そんなことか、という風に応じると、享が反論した。

「でも、浪岡はつい最近まで奈々さんを追い回してた形跡があるんです。介護派遣会社にいとこだと偽って探りを入れたのもおそらく浪岡です」

そこに角田が割り込んだ。

「じゃあ、別れた旦那にストーカーされちゃってたってことか？」

「ええ」

「おい、話はそれだけか？」

伊丹が享に訊いた。

「はい」

「わざわざ呼びつけて」

不満顔の伊丹を遮《さえぎ》って、右京が言った。

「なるほど、そういうことでしたか」

「そういうこと？」伊丹が聞き返す。

「奈々さんは、SNSに所在地を頻繁に書き込んでいました。事件の日も浅草にいると書き込んでいます。しかし、実際には浅草にはいませんでした」

「じゃあ、浪岡に居場所を知られないようにわざと嘘を？」

享の言葉に、右京が頷いた。

「ええ、そう考えればつじつまが合いますね」

「じゃあね、佳枝さん、また来るから！」

小宮山家を訪れた右京と享は、佳枝に笑顔で挨拶をして去って行く珍しい客に玄関先で出会い、その客に話を聞くことにした。

「もう佳枝さんとは五十年来の付き合いだよ。う～ん、これ、おいしい」

その客、安井《やすい》登美子《とみこ》は自ら指定した甘味処で好物のあんみつに顔をほころばせながら言った。

「そうですか。あの、三塚奈々さんのことはご存じですか？」

享が訊ねると、登美子は急に声をひそめた。

「あっ、あの殺された子？」

「何か気になることでも？」

右京の問いかけに、周囲を窺いながら登美子はさらに声をひそめた。

「こんなこと言っていいのかしら。私、よく佳枝さんに言ってたのよ。早く違うヘルパーに替えたほうがいいって」

「でも、茂樹さんが言うには、奈々さんは佳枝さんのお気に入りだったと」

享の言葉を登美子は真っ向から否定した。

「まさか。それは茂ちゃんに心配かけたくなくって言ってただけよ。だって、私には愚痴ばっかりだったし。それに佳枝さんこの頃瘦せてきた気がしたから、私心配して聞いてみたのよ。そしたら、あの子の作った料理がまずくて食べられないんだって」

「料理が？」右京が聞き返す。

「それに言うこと聞かないと痛いことされるって」

「えっ？」

「私がこんなこと言ってたなんて言わないでね」

驚くふたりに、登美子は釘を刺した。

「虐待？」

再び小宮山家を訪れ、それをそのままぶつけると小宮山茂樹は眉を曇らせた。

「ええ。そう証言している人がいまして」

亨が頷く。

「あれほど細かく健康管理に気を配っていたあなたが、そのことを知らなかったとは思えません」

右京は小声で訴えたが、まるでその会話が聞こえているかのように、奥から佳枝の咳払いがした。

「ここじゃ、話しにくいんで」

小宮山は奥に目を遣って、ふたりを外に誘い出した。

「母の様子がおかしいことには気づいてました。週に何度か入浴サービスを受けてまして、そのスタッフから太ももの辺りに痣《あざ》があるって。でも、母は何も言いませんでした。母が黙っている以上、私も見過ごすことにしたんです。だって、奈々さんはやっと長続きしてくれたヘルパーさんだし」

おそらく家の中は禁煙にしているのだろう、小宮山は近所の運動場のフェンスの外にある喫煙所でタバコに火を付けながら言った。

「でも、それは……」

小宮山は享の言いかけたことを先取りした。

「わかってます。母は言い出せなかったんだと思います。でも、私にだって生活があるんです。母が介護士と問題を起こすたびに仕事を休んで。ただでさえパート仕事で稼ぎも少ないのに、そんなことを繰り返してたら私ら共倒れです」

「ご苦労は察するに余りあります」

右京の同情の言葉を、小宮山はあしらった。

「同じ境遇になってみなければわかりませんよ。明日からのヘルパーの当てだってないんですよ。また、仕事を休まなきゃならないし。もうどうすればいいのか」

「でしたら、お手伝いさせてもらえませんか？」

「えっ？」

「お手伝い？」

右京の申し出に、小宮山ばかりか、享も当惑して聞き返した。

四

「本当にいいんですか？」

翌朝やってくるなり、エプロンを着けてやる気満々のふたりの刑事に、小宮山は半信半疑で訊ねた。

「心配ご無用です。こう見えて、われわれすごく暇な部署なんです」

右京が答える。〝お手伝い〟とは、掛け値なしに字義通りのことだったのだ。

「じゃあ、なんかあったら携帯に連絡してください」

ふたりに告げた小宮山は、奥の間に声をかけた。

「おふくろ、行ってくるね」

「精いっぱいやらせていただきます」

小宮山を送り出した右京は、張り切った声で享を促した。

「さてと、カイトくん、では、掃除から始めましょうか」

「はい」

「失礼いたします」

右京は佳枝にひと言声をかけて奥の間の襖《ふすま》を開け、カーテンを開けた。すると佳枝が不機嫌そうな声で訊ねた。

「あんた本当に警視庁の人間なの？」

「ええ、一応」

「偉そうに。こっちは毎日、テレビ見て知ってるんだ。あんたら、本庁刑事が寄ってたかって所轄の刑事をいじめてるのもね」

憎々しげに言う佳枝に、右京は応えた。

「おやおや。しかし、それはドラマの話かと」

「ケッ……」

佳枝は面白くなさそうにそっぽを向いた。

右京も享も、長くは続かないというホームヘルパーの苦労を我が身で味わうことになった。

「あんたさ、さっきから何してんだよ！」

台所でまた介護ノートのレシピ通りに食材の量を計っている右京の耳に、佳枝の罵倒する声が聞こえた。そちらを見遣ると、どうやら廊下に雑巾をかけている享が叱《しか》られているようだった。

「何って、拭き掃除ですけど」

「本庁刑事のくせにろくに掃除の仕方も知らないのかい。だから、雑巾は同じ方向にかけるんだよ！　それじゃ掃除してるのか汚してるのかわかりゃしないだろ。親の顔が見たいもんだ」

「言ってくれるじゃないですか」

亨は小声で毒づいた。

佳枝の〝いけず〟な態度は、右京にも容赦なく向けられた。右京が調理したご飯の膳を据えると、待ってましたとばかり箸をとった佳枝が、いきなり小言をぶつけてきた。

「箸が違う。それに、煮物の器はこれじゃない」

「それは失礼しました。すぐに取り換えます」

右京が煮物の器を下げようとすると、佳枝は奪うようにそれを取り戻した。

「ああ、もういいよ、これで」

そう言い捨てた佳枝は、味噌汁の椀を取り上げて一気にかき込んだ。

「おっ、おいしいんだ」

それを見た亨が感心した声をあげた。

「佳枝さん、あまり慌てて食べると消化に良くありませんよ」

右京が注意すると、佳枝はそれを振り払うように言った。

「余計なお世話だよ。私はあんたらより長生きしてる」

身も蓋《ふた》もない言葉を浴びた右京は、話題を転じようと奈々の介護ノートを台所から持ってきた。

「そういえば……奈々さんも料理は得意だったようですね。ノートのこのメモ欄に、『佳枝さんは今日もご飯をおいしそうに全部食べてくれました！　ご飯を全部……』」

読み上げる右京の手から、佳枝は介護ノートを奪った。

「こんなの、デタラメだよ！」

「デタラメ？」右京が聞き返す。

「今だから言えるけど、私、あの子の料理なんか口にしたことないよ。まずくて食えたもんじゃない」

「でも、レシピどおりに作ってたんですよね？」

享の言葉に、佳枝は癇癪《かんしゃく》を起こした。

「レシピどおりに作ってなんでもうまくなるんなら料理人はいらないんだよ。ああっ、もうっ！　あの子の話はやめてもらいたいね！　メシがまずくなる」

警視庁の取調室では、殺害を否認したまま口を閉ざしてしまった柿谷と伊丹の間で膠《こう》着状《ちゃく》態が続いていた。そこへ芹沢から奈々の別れた夫、浪岡譲の居場所が分かったとの報がもたらされ、捜査は急展開を見せた。伊丹と芹沢は早速、浪岡の働いているラーメン屋に赴き、店の裏に呼び出して聴取した。

「だから、事件の日は俺は浅草にいましたよ」

奈々のSNSの書き込みを見た浪岡は、浅草で一晩中奈々を探したが見つからなかったと言い張った。そして先週の水曜日に、いとこと偽って奈々の会社に行ったことは素直に認めた。奈々がホームヘルパーをしていると聞いて片っ端からホームページを調べ、奈々の顔写真を見つけたのだということだった。

「ストーカーも立派な犯罪なんだぞ」

伊丹が凄んだ。

「俺はストーカーじゃありませんよ。強引に離婚を決められて、それに納得がいかなかっただけですよ」

「日本全国のストーカーはみんなそう言うだろうな」

伊丹は皮肉たっぷりに言った。

トイレに行きたいという佳枝を享がおぶった瞬間、右京ははだけた浴衣の裾から、痛々しい痣のついた太股を垣間見てしまった。そうしてそのことに気づいた享も、佳枝をトイレに運んだあと戻ってきて、右京に耳打ちした。

「杉下さん。茂樹さんは母親が虐待されてたこと、気づいてたんですよね?」

「そうおっしゃってましたね」

「だとすると、彼にも奈々さんを殺害する動機があったってことですよね」

右京は無言で首肯《しゅこう》した。

また、こんなこともあった。たまには外の空気にも当たらせようと右京が佳枝を近所の公園まで車椅子で散歩に連れ出した際のことだった。

「ああ、そういえば奈々さんの行方を捜している男がお宅に現れたことはありませんでしたか?」

世間話のように右京が浪岡のことを訊ねてみると、佳枝はこう答えた。

「男? ああ、来た来た。連絡先を教えろってしつこく聞かれたんだよ。けど、すぐに息子は追っ払ったよ。うちのヘルパーは男だって」

「それは賢明な判断でしたね。どうやら奈々さんはストーカー被害にあわれていたようでしてね」

すると佳枝は打ち明けた。

「あの子、よく言ってたよ。変な男が来ても自分のことは話すなって。話したらここで介護が出来なくなるって」

「そうやって男と揉めるような女に介護なんか出来っこないよ。事件にも巻き込まれるだろうしさ。痴情のもつれってやつだね。へへへ、ドラマじゃ定番だよ」

またドラマに感化された知識を持ち出す佳枝に、

「なるほど」

と右京は深く頷いた。

「そうでしたか」

一方、小宮山に疑いを抱いた享は、彼の職場に赴いて上司から話を聞いた。それによると、小宮山は離婚するまでは結構大手の会社に勤めていたらしかった。

「ところで十三日のことなんですが、小宮山さんが仕事を終えたのは？」

享が事件当日の小宮山のアリバイを訊ねると、その日は納会で、仕事終わりに会社近くで皆で一杯やっていたのだが、小宮山は母親から連絡が入ったとかで途中で帰ってしまった、ということだった。

五

「またこの刑事たち勘違いしてるよ。いつもそうだよ。ああでもないこうでもないって下手な推理を披露し合ってさ、肝心の犯人を見落としてるのさ」

右京に肩を揉まれながら、佳枝はテレビドラマの登場人物たちに悪態を吐いた。

「耳が痛いです」右京が苦笑する。

「こんなパッとしないおばさんが犯人なわけないだろうに。どうしてそんなことに気づかないのかねえ」

「ドラマの場合、ただ事件を描写しても面白みがないんでしょうねえ。それでいろんな容疑者を登場させて、サイドストーリーを膨らませているのではありませんかね」

右京のうがった見方に佳枝は異を唱えた。

「サイドストーリーなんかでごまかされてたまるもんかっていうんだよ。私なんか、十分もすりゃあ犯人がわかるからね。まあ、事件なんてものはたいていどれも単純な話さ」

「では、佳枝さんなら奈々さんを殺害した犯人はどのような人物だと思われますか？」

右京は鎌をかけてみた。

「犯人はもう捕まったんだろ？」

佳枝は意外そうに右京を振り向いた。

「残念ながら、容疑者はまだ自白に至っていません」

「だから言っただろ？　男に追い回されるような娘だよ。痴情のもつれってとこだね」

吐き捨てるようにそう言い、佳枝は大きく咳き込んだ。

右京は佳枝に請われるまま薬の入っている矩形《くけい》の缶と水を持ってきた。

「大丈夫ですか？」

「体調がすぐれないようですねえ」

「年取りゃ、ガタも来るさ」

「しかし、単なる風邪から大事に至ることもありますから気をつけてくださいね」

コップの水を渡し、自棄的になる佳枝を、右京は気遣った。

「まだいたんですか？」

休憩時間に入った小宮山は、事務所の裏手に享を見つけ、迷惑そうな顔をした。

「ちょっと、お話聞かせてもらってもいいですか？」

「なんでしょう？」

「十三日の午後九時頃、どちらにいらっしゃいました？　会社の納会を八時頃、抜けてますよね？」

「どうしてそんなことを私に？」

怪訝《けげん》な顔で聞き返す小宮山に、享は疑問をぶつけた。

「三塚奈々さんの携帯電話の履歴を調べたら、午後八時頃、あなたと通話してることがわかったんです。最近、奈々さんとはしゃべってないって言ってましたよね。どうしてそんな嘘を？」

「いや、それは……」

　返答に窮した小宮山を、享はさらに追及した。

「茂樹さん、たとえどんな事情があろうと、母親を虐待されて平常心でいられる息子はいません。あなたはそれを見過ごすことが出来なくなって、それで彼女を……」

「違いますよ」

「では、なんで嘘をついたんですか？」

「私は何もやっていません。本当です！　まだ仕事中なんですよ！　帰ってくださ い！」

　小宮山は声を荒らげて硬く拒絶した。

「栄養不良ですか？」

　往診にきた医師から、右京は意外な診断結果を聞いた。

「ええ。ほうっておくと栄養失調になって心臓疾患の原因にもなります。すぐに栄養士に相談して、バランスのとれた食事を取るように心がけてください。それと、ちょっと……」眠っている様子の佳枝を慮《おもんぱか》って、医師はベッドから離れたところで右京に耳打ちした。「太ももの痣ですが、それほど強く圧迫されたわけでもないし、骨に異常はありませんでした」

「女性の力でも可能でしょうか?」

右京の問いに、医師は首肯した。


その夜、久しぶりに戻ってきた特命係の小部屋で、右京は享に小宮山を当たった成果を訊ねた。

「小宮山茂樹の事件当日のアリバイなんですが、家に帰ってずっと母親の介護をしていたそうです。佳枝さんに裏を取ろうと思うんですが、どう思います?」

右京は首を傾げた。

「どうでしょうねえ。家族の証言には証拠能力がありませんからねえ」

「茂樹さん、虐待のことも奈々さんとの電話のことも黙っていました。絶対、怪しいですよね」

そこへ米沢がやってきた。

「杉下警部、お待たせしました!」

「わかりましたか?」

「ええ」

米沢はデスクの上に地図を広げた。奈々の事件で匿名告発ダイアルに通報した電話の発信場所がマークされたものだった。通報は全部で三件。いずれも青梅市内の公衆電話からだった。青梅といえば、奈々の実家のせんべい屋があるところだ。奈々の親がかけた可能性が高い。

「でも、どうして被害者の親が告発なんて？」

亨が疑問を口にしたところへ、伊丹と芹沢がやってきた。

「杉下警部の言ってたとおり、浪岡は被害者の書き込みを信じて浅草にいましたよ。裏も取れました」

芹沢が防犯カメラの静止画像のプリントを示す。

「どうやら、われわれの見立てどおり柿谷で決まりのようですね」

伊丹が誇らしげに言う。

「自白は取れたんですか？」

亨が訊ねると、伊丹が自信たっぷりに答えた。

「まあ、時間の問題だ。柿谷には動機もあるし、何より指紋を残している。今夜中に決めてやるよ」

そこで右京が根本的な疑問を口にした。

「奈々さんはなぜ、柿谷さんを池袋に呼び出したのでしょう？」

「そりゃ、別れ話を切り出すためでしょう。それで柿谷はカッとなって」

伊丹の説に右京が異を唱えた。

「あの日、奈々さんは九時半からキャバクラでバイトが入っていました。あと三十分もすれば店に出なければならない時に、別れ話などしようと思いますかねえ」

「あ、いや……まあ、人それぞれでしょ？」

苦しい返答をする伊丹に、右京が自説を披露した。

「仕事の相談をしたかったんじゃありませんかね？」

「仕事？」伊丹が聞き返した。

「ええ、柿谷さんは確か社会保険労務士でしたね。となれば、労働問題や介護問題には詳しいはずです。奈々さんは小宮山佳枝さんの介護になんらかの問題点を見つけ出し、それを相談するために彼を呼び出したんじゃありませんかね。そう考えれば彼女がこの介護ノートを持ち出したことにも説明がつくんですよ」

右京が奈々の介護ノートを取り上げて芹沢に渡した。

「なるほど」

米沢が右京の新説に感心する。

「いや、でも、柿谷も違うって浪岡も違うってことになったら、じゃ、一体、誰が犯人なんです？」

芹沢が問うと、享が自説を主張した。

「やっぱり小宮山茂樹」

「柿谷以上に容疑があるとは思えんな」

それを否定する伊丹に、享も負けてはいなかった。

「でも、自白は取れていない」

「だから、今夜中に吐かせてやるよ」

諍《いさか》いを始めた伊丹と享の間に、右京が割って入った。

「〝刑事たちはいつもああでもないこうでもないと、つまらない推理を戦わせている〟」

「はあ？」

伊丹と芹沢が同時に聞き返した。

「あっ、失礼。これは、小宮山佳枝さんのドラマの登場人物への指摘です」

「ハハハ……」

米沢には受けたようだった。

「それから、佳枝さんはこうもおっしゃっていました。〝どんな事件もたいてい単純な理由から起こるものだ〟と」

伊丹が呆れたように言った。

「ちょっと待ってくださいよ。警部殿はいつから素人の意見を参考にするようになったんですか？」

それを無視して右京は続けた。

「奈々さんはアパートにも帰らず、常連客の家を転々としていました。しかし、それは男遊びに惚《ほう》けていたのではなく、浪岡のストーカー行為から逃れるためでしょう。SNSに嘘の書き込みを続けていたのも浪岡に居場所を知られることを恐れていたからです」

「だから、その浪岡は浅草にいたんですよ！」

伊丹の主張を右京が覆した。

「ひと晩中、いたわけではありませんよね？　この監視映像は午後八時二十八分に撮られています。彼女の死亡推定時刻である九時過ぎに池袋にいることは可能です」

「そんなことはこっちだってわかってますよ。だったら、どうやって浪岡は被害者が池袋にいるのをわかったんですか？」

疑問を呈する伊丹の目の前に、右京は人さし指を立てた。

「そこです。実は、僕もそれをずーっと考えていましてね」

「で、その答えは？」

急かせる享に、右京は肩透かしを食らわすように告げた。

「刑事ドラマのご意見番に聞いてみましょう」

六

右京と享は、喫煙の定位置となっている運動場のフェンスの外で、タバコを吸っている小宮山をつかまえた。

「ちょっと話を聞かせてもらっても？」

「なんですか？」

目に見えて嫌な顔をする小宮山に、右京が切り込んだ。

「佳枝さんの虐待についてです」

「それが事件と関係が？」

タバコを揉み消した小宮山はぶっきらぼうに訊ねた。

「いえ。ただ、僕にはどうしても奈々さんが虐待をしていたとは思えないんですよ。彼女は介護福祉士を目指し、専門学校に通う資金捻出のために夜も働いていました。もし虐待が表沙汰になり訴えられでもしたら、そんな苦労がすべて水の泡になってしまいますからねえ」

ブラブラと歩き出した小宮山は、近くのベンチに腰を下ろした。

「でも、つい手が出たってこともあるでしょ。おふくろはああいう性格だし、せっかく作った食事を拒否されたりすれば誰だって頭に来るだろうし」

「ええ、佳枝さんも彼女の食事はまずくて食べられないとおっしゃっていました。しかし変なんです」

「変？」

右京の言葉に、小宮山が眉根を寄せた。

「見当たらないんですよ、残飯が」

「残飯？」

右京が説明する。

「ええ。今朝が燃えるゴミの収集日でしたから、昨日、僕がゴミを集めました。そこには、奈々さんが最後に料理をした時の生ゴミも残っていたのですが、調理をした際に捨てたであろう野菜の皮や切れ端しか残っていませんでした。つまり、佳枝さんは食事を残さずに食べていたんです」

享が続ける。

「ちなみに、あなたのレシピはボリューム満点で、僕のような現役の刑事が食べても満足のいくものでした」

「そんな食事をしていたにもかかわらず、佳枝さんを診察した医師は栄養不良だと診断しました。おかしいですよね？　そこで、こう考えてみたんです。もし佳枝さんが介護ノートに書いてある食事だけを食べていたのならば、つじつまが合うかもしれないと。

なぜならば、奈々さんの介護は一日おきでした。つまり、佳枝さんは」右京はそこで言葉を切り、小宮山の顔をじっと見た。「一日おきにしか食べさせてもらえなかった。ネグレクトです」小宮山の顔つきが変わった。「あなたは佳枝さんの介護を、放棄していたのではありませんか？　自分からは一切、何も食べさせず、ホームヘルパーに作らせる食事の分量を多くすることでその分を補っていたんです。いえ、それだけではありません。ヘルパーの来ない日はいつもこうして佳枝さんを家に放置したまま外出されていたのではありませんかねえ。それから佳枝さんの太ももの痣ですが、おそらくひとりベッドに取り残され、空腹や尿意を必死に我慢する際に自分で強く握ったことで出来たものでしょう」

そこでいたたまれなくなった小宮山は、声を荒らげて反駁《はんばく》した。

「そんなデタラメ聞かされても、こっちは何も答えようもありません！　おふくろだって認めるはずがないし！」

「ええ、佳枝さんは認めないでしょうねえ」

そう言って取り合わない右京に、小宮山は、「失礼」と言い捨てて去って行った。が、その背中に投げかけられた右京の言葉に、足を止めた。

「佳枝さんもあなたの共犯者でしたから！」

右京は享とともに小宮山の傍らに歩み寄り、続けた。

「佳枝さん自身、介護放棄をあなたと一緒に隠し続けていたんです。お友達から痩せたと指摘されればヘルパーの食事がまずいからだと言い、痣のことを指摘されればヘルパーにやられたと嘘を言って、あなたに非難の目が向かないようにしていたんです。おそらくおふたりの嘘には、介護ノートも一役買ったはずです。あれほどまでに詳細に書かれたノートを見れば、誰もあなたが介護を放棄しているとは疑わないでしょうからね。佳枝さんは、今も一人でお家《うち》にいらっしゃるんですね?」

右京と享とともに自宅に戻った小宮山は、静かに眠っている佳枝の寝顔を見てそっと襖を閉めた。そして小声で言った。

「言っておきますが、私は奈々さんを殺していません。池袋にだって行ってませんよ」

右京がそれを諾《うべな》った。

「それは事実でしょう。ですが、奈々さんを死に追いやるきっかけを作ったのは紛れもなくあなたです。事件のあった日、奈々さんは介護ノートの嘘に気がついたのでしょうねえ」

実際、奈々と佳枝は馬が合っていた。が、奈々は戦食《いくさぐ》いのように一気にかき込む佳枝の食べ方を、いつも不思議に思っていた。そうしてある日、自分がいるときには割合多い分量を食べているのに、佳枝が痩せていくことにも。痩せの大食いだから、と強がる佳枝だったが、二日前に買って冷蔵庫にしまっておいた食材が全然減っていないのにも気付いた奈々は、その疑惑を小宮山に投げ掛けることにした。奈々は小宮山に電話をかけ、ノートのことで話をしたいので、これから会えないかと言った。ちょうどそのころ、会社の納会に出ていた小宮山は、急いで飲み屋を出たのだった。

右京が続ける。

「奈々さんはあなたと待ち合わせをしたものの、専門知識のある人がいたほうが心強いと思ったのでしょう。社会保険労務士をしている知り合いをメールで呼び出しています。ノートのからくりがバレてしまったことを知ったあなたは、ある人物のことを思い出した。奈々さんが恐れていたストーカーの存在を。〝私の連絡先は教えないでほしい。知られたら、もうここで介護をすることが出来なくなってしまう〟奈々さんはそう言っていたそうですね。だから、あなたはこの家にやって来た浪岡を追い払ったんです。しかし、その時浪岡は自分の連絡先を置いていったのではありませんか？　あなたは奈々さんの追及から逃れるために、浪岡に奈々さんの居場所を教えてしまった」

同じ頃、警視庁の取調室では、連行してきた浪岡に伊丹が詰め寄っていた。

「残念だったな。池袋の現場周辺でおまえの目撃証言が挙がったよ。防犯カメラにも写ってるしな」

伊丹は静止画像のプリントを浪岡の前に差し出した。

「いや、でも、俺は奈々も池袋にいたなんて……」

浪岡が白を切ろうとしたそのとき、享から連絡を受けた芹沢がやってきて、伊丹に耳打ちした。

「電話をもらったそうだな？　小宮山茂樹さんから」

浅草にいた浪岡は、小宮山から電話を受けてすぐに池袋に移動した。そうして奈々が勤めている店の近くの路地裏で奈々を見つけた浪岡は、奈々に迫った。

──どうして俺の電話に出ねえんだよ。アパートにも全然帰ってこねえし。

──悪いけどそんな話をしてる暇ないの。これから人と会うから帰って。

──そんな話ってなんだよ？　おまえ、俺がどんだけ捜したかわかってるのかよ！　今日だって浅草中、走り回って……。おまえ、俺をなんだと思ってるんだよ！

尋常ではない目つきになって大声で怒鳴り散らす浪岡を、奈々は冷たく突き放した。

──ちょっとやめてよ、もう！　そうやってすぐキレる人と話なんか出来るわけないでしょ！　もう私の前に顔出さないでよ！

──なんだと！　もういっぺん言ってみろ！

逆上した浪岡は、もう歯止めが利かなかった。奈々の胸倉を摑《つか》んだ浪岡は高架下のコンクリートの壁に奈々の頭をガンガンぶつけた……。

「まさか殺されるなんて……」

　右京に問い詰められた小宮山は、茫然《ぼうぜん》として呟いた。

「佳枝さんは三か月ほど前からリハビリや医師の診察がなくなり、介護はヘルパーに任されていました。一食分の食事の量やカロリーが増え始めたのはその頃からです」

　右京に指摘されて、小宮山は心情を吐露《とろ》した。

「妻が出て行って会社も辞めざるをえなくなって。退職金なんかすぐに底をつきましたよ。これから先、このまま自分は介護に追われ続けるのかって思うと、一体なんのために生きてるんだろうって。もう、なんか全部バカバカしくなったんですよ。母の介護も自分の人生も何もかもが！」

　そのとき、寝たふりをして全てを聞いていた佳枝が、奥の間から声をあげた。

「もうやめて！　もういい。もう堪忍してやって。この子がどんなにつらい思いをしてきたか、あんたらに何がわかるんだ！　私のせいで何もかも失って……。誰もその子を責められない。そんなことは私が許さない！」

「おふくろ……」小宮山が涙交じりに呟いた。

　佳枝の腹の底から絞り出すような声が、また襖の向こうから聞こえてきた。

「帰ってくれよ。この子はただストーカーに電話しただけだろ？　人を殺《あや》めたわけじゃないんだ。だったらこれは、この家の問題だよ。あんたらが口出しすることじゃない！」

右京が静かに襖を開けた。

「失礼します。佳枝さん。確かに茂樹さんは殺人犯ではありませんし、今まで話したことも事件の本筋ではないかもしれません。いわばサイドストーリーです。ですが、このサイドストーリーが明らかにならない限り、三塚奈々さんはあらぬ疑いをかけられ、世間のバッシングを受けたままになります。奈々さんを失ったご両親にも二重の苦しみを与え続けることになります。あなたにそのことを見過ごすことが出来るとは僕には到底思えません」そうして右京は薬の入っている矩形の缶を手に取った。その缶の蓋には〈米重せんべい〉という店名の入ったラベルが貼ってあった。「この薬の入っている缶は、奈々さんからのお土産のおせんべいが入っていたものですね？　彼女を嫌っていたのなら、こうして薬入れとして使い続けるはずがありません。奈々さんは、本当はあなたのお気に入りだったのではありませんかねえ。しかし、報道では彼女の夜の姿しか報じられず、私生活の乱れが事件を起こしたと面白おかしく強調され、事件の本筋が語られることもない。あなたは悩んだでしょう。茂樹さんの事件への関与を表沙汰にはしたくない。しかし、かといってこのままデタラメな奈々さんの醜聞が広まっていいのかと。奈々さんのご両親にだけは本当のことを伝えておきたい……そう思ったあなたは、この缶に書かれている店の番号に電話しましたね？」

涙を浮かべながら右京の言葉を聞いていた佳枝の脳裏には、奈々の母親と思しき女性と交わした会話が浮かんでいた。

――また娘への非難ですか？　もういい加減にしてください。娘は殺されたんですよ！

刺々しく電話口で叫ぶ母親の裕子に、佳枝は言った。

――いや、違います。

――えっ？

――私、知ってます。お宅の娘さんがすごく頑張って真面目に働いていたこと。テレビで言ってることなんて全部デタラメだ。警察だって間違っている。犯人は別にいます。

明らかに電話の向こうで息を詰めている姿が目に浮かんだ。

――すいませんが、どちら様ですか？　もしもし？

その祈るような声を聞きながら、佳枝は電話を切った。

「あなたの電話を受けた奈々さんのお母様は、匿名告発ダイアルに通報しました。あらぬ非難を浴びているさなかでしたから匿名という目立たない形を取ったのでしょうねえ。奈々さんのお母様もまた、娘の名誉を守るために必死だったんです」そこで右京は背中を向けている小宮山に声をかけた。「茂樹さん、それは佳枝さんだって一緒です。何があろうとも、たとえあなたに介護を放棄されようとも、佳枝さんは、ずっとあなたのことをかばい続けています。そのことの意味をもう一度よく考えてみてください」

小宮山はベッドの上で涙を浮かべながら虚空を見つめている佳枝を振り返った。そうして母親の胸に顔を埋めて子供のように嗚咽《おえつ》した。

「ごめんよ……おふくろ！　ごめんよ！」

「茂樹！」

佳枝も滂沱《ぼうだ》の涙とともに、我が子を抱きしめた。

——連日お伝えしてきた女性ホームヘルパー殺人事件は、被害者、三塚奈々さんの元夫の逮捕で幕を閉じました。介護福祉士を目指し昼夜の仕事を掛け持ちしながら必死に頑張ってきた奈々さん。そんな彼女をストーキングの末に殺害した犯人に怒りを禁じえません。

特命係の小部屋のテレビから、ニュースを読み上げる女性リポーターの声が流れている。その音声を背中で聞きながら、右京は紅茶を淹れていた。

「本当の奈々さんの姿が報道され始めたようですね」

享がテレビのスイッチを切って、右京を振り返る。

「そのようですねえ」

「そういえば茂樹さん、佳枝さんが入所出来る施設を探し始めたそうです」

亨が報告した。

「少し離れて暮らしてみるのも、あのふたりにはいいかもしれませんねえ。リハビリが始まれば、佳枝さんの気分も変わるでしょうし」

「ええ。でも、わかんないな」

頷いた亨が呟いた。

「何がでしょう？」

「ネグレクトまでされていたのに、どうして佳枝さんは息子さんのことをかばい続けることが出来たのか」

「カイトくん」

「はい？」

「それがわかれば、君も苦労しないはずですよ」

右京の言葉に一瞬きょとんとした亨は、しみじみ考えて、

「はい？」

と苦笑交じりに聞き返した。

第十話
「ストレイシープ」

あなた方はどう思うか
ある人に百匹の羊があり
そのうちの一匹が
迷い出たとするならば
九十九匹を山に残して
その迷い出た一匹の羊を
探しに出ないであろうか

マタイによる福音書

一

白昼堂々とある子供が誘拐された。その子の名は村本修吾《むらもとしゅうご》。母親の村本朱実《あけみ》と一緒に、いつものように近所の公園で友達と遊ぼうとしているときだった。皆と合流する前に寄ったトイレで姿を消してしまったのだった。まるで〝神隠し〟とでも言いたくなるようなその現象も、実は大勢の人間の連携プレイによって成されたものだった。

まず、イヤフォンとマイクで連絡を取りつつ、朱実と修吾の母子を監視するグループ。そして修吾がトイレに入るなり、清掃員に扮装して大きなゴミ入れの籠《かご》をトイレ内に持ち込み、修吾をその籠に隠して運ぶグループ。修吾の入った籠は周到に用意されたワゴン車に乗せられ、あらかじめスタッフが詰めたマンションの一室に届けられる……それは一糸乱れぬチームプレイのように見えた。

警視庁の大会議室ではその頃、刑事部長の内村完爾と参事官の中園照生が、警察庁次長の甲斐峯秋《みねあき》、それに衆議院議員の橘高誠一郎《きつたかせいいちろう》を前に苦戦を強いられていた。というのも、裏の社会では〈犯罪の神様〉の異名をとる飛城雄一《とびしろゆういち》という人物についての情報を求められていたのだが、刑事部としては未だつまびらかなことは摑《つか》んでいなかったからだった。

「飛城雄一は振り込め詐欺をはじめとするシステム詐欺など新しいタイプの犯罪を考案したといわれている人物です。犯行は他人に行わせ自らは手を汚さず、その姿を見た者さえいないといわれている人物です。ゆえに、犯罪者たちからは神様と呼ばれています」

乏しい情報を大きく見せるため、中園は重々しい口調で切り出したが、配布された資料を見て橘高はすぐに弱点を突いてきた。まず、資料のなかの飛城の顔写真があるべき箇所には、大きな〈?〉マークが記されているのみだったのだ。

「なんですか？　このクエスチョンマークは。私は飛城雄一の情報を提示して頂きたいとお願いし、今日この場を設けたんです」

峯秋は橘高の側に立って、中園に鋭い視線を投げかけた。

「橘高議員の質問に答えて頂けますか？」

「申し訳ありませんが、警視庁が把握している飛城雄一の情報はこれが全てになります」その言葉に座が白けたのがわかったが、中園は続けた。「次のページをご覧ください」そこには組織図のようなものがあった。「構成員同士横の繋《つな》がりはなく、このように階層化された指揮系統から直接連絡を取る相手以外は、お互い構成員同士顔も名前も知らない……」

そこで内村が口を挟んだ。

「絆を重んじる従来の反社会勢力とは正反対だな」

「はい。全く新しいタイプの犯罪組織ということです」

内村と中園の内輪同士の遣り取りにうんざりしたというように、橘高は大きなため息を吐いた。

「そんなことは私も理解してるんですよ。問題なのは、飛城とそのグループが稼ぎ出す何百億というブラックマネーです。その金が海外のマフィアなどの犯罪組織にも流れている。そのことにアメリカ政府も強い懸念を持ってるんです」

それに同調して峯秋が言った。

「橘高議員のおっしゃるとおりだ。飛城の組織に対する摘発および情報収集を強化して頂きたい」

「了解致しました！」

中園は腰を九十度折って頭を下げた。

ちょうど同じとき、警視庁特命係の警部、杉下右京はある告別式に出席していた。小さな斎場のこぢんまりとした会場には〈故西田《にしだ》悟巳《さとみ》葬儀場〉という看板がかかっている。場内に設《しつら》えられたがら空きの椅子席に座った右京の背後から、声をかける者があった。

「杉下右京さん?」

右京が振り向くと、七三に分けた髪に黒いセル縁メガネをかけた、長身で痩せ形の男が耳元で名乗った。

「連絡した新井《あらい》です」

廊下に出たところで、右京は名刺を出して自己紹介した。

「警視庁特命係の杉下です」

「あっ、僕名刺ないんで……」恐縮した男は、右京の名刺を見て訊《たず》ねた。「特命係ってどんな部署なんですか?」

右京は一瞬考えてから答えた。

「とても説明しにくいのですが、言うなれば他の部署の手からこぼれ落ちた何かを拾い集めていくような、そんな部署です」

「こぼれ落ちた何かを拾い集める……面白いですね」右京の答えに興をそそられたように、男は続けた。「警察によると、悟巳さんは自殺したということです」

「そうですか」

「彼女とは、どういうお知り合いだったんですか?」

訊ねられた右京の脳裏には、悟巳と過ごした時間の端々が、浮かんでは消えた。

——紅茶、お詳しいんですか?

行きつけの紅茶専門店で出会った悟巳の最初の言葉は、確かこうだった。

──紅茶を愛していることは確かですね。

──愛しているなんて大げさ。面白い人ですね。

悟巳は控え目に口を押さえて笑った。

何となく意が通じたふたりが、紅茶の缶を並べた棚を見ながら交わした会話はこんな風だった。

──紅茶の種類も、ダージリンとアールグレイぐらいしか知らないし、何を選んだらいいのかわからなくて。

──そうですか。ダージリンとアールグレイのブレンドを飲んだことはありますか？

右京の言葉に悟巳の目が輝いた。

──そんな組み合わせ、あるんですか？

──そのブレンドは、フランスの画家バルテュスが愛したもので、バルテュスの奥さんが毎朝、彼のために淹れていたとか。

──ふーん、素敵ですね。

──ご興味ありますか？

──とても。

──もし、よかったら。

右京は店の隅に設えられた喫茶コーナーに、悟巳を誘った。

「紅茶を通じて僕とあの人は友人になったんです」

あの日のそんな会話を思い浮かべながら、右京はただそうとだけ述べた。新井は思い詰めたような声で訊ねてきた。

「聞いてもいいですか？　彼女と最後に会った時、どんな様子だったか」

右京は答えた。

「最後に会ったのも、同じ紅茶店でした」

――私の家はお金に困っていたので、めったに家族旅行なんかしなかったんですが、珍しく家族旅行に行ったんですね。小田原の山荘に数十年に一度しか咲かないというきれいな花が咲いていて。

「そんな話をしただけです」

「数十年に一度しか咲かない花ですか」

新井はその言葉を噛《か》みしめるように繰り返した。

「ええ」

「それだけですか？」

「それだけです」

新井は少し落胆したような表情をした。

「そうですか。あなたにお渡ししたいものがあるんですが……彼女に身寄りはいませんでしたから、僕や友人で遺品を整理したんです。その中にこれが」新井は右京に小さな手提げの紙袋を差し出した。「宛名に『杉下右京』とありました。これは勝手に捨てるわけにはいかないと思ったんです。あなたに届けるべきだと」

「ありがとうございます」

「いえ。失礼します」

斎場を出て特命係の小部屋に戻った右京は、紙袋のなかのものをテーブルに並べた。丁寧に包装された小さな箱がひとつ。それからいつだったか涙を拭くために貸したハンカチが、きれいに洗濯され、アイロンをかけられてビニール袋に入っていた。そして……。

「何をバカな勘違いを……」

添えられていた手紙を読んで、右京は言葉を失った。

「西田悟巳さんの死について、担当の所轄に問い合わせてきました」

右京のたったひとりの部下、甲斐享が資料を持って特命係の小部屋に戻ってきた。それによると、悟巳の死は毒物による自殺で事件性はないとのことだった。

「ただ、少し気になるのは遺書が発見されてないことなんです」

報告する享の眼前に、右京は封書を差し出した。

「遺書はこの手紙です」

「え?」

「僕のせいであの人は自殺したんです。私信ではありますが、所轄に知らせておいたほうがいいでしょうねえ」

　享は躊躇《ためら》いがちに訊いた。

「あの、西田さんと杉下さんはどういうご関係ですか?」

「友人です」とのみ右京は答えた。

「了解」享もそう応ずるほかなかった。

　右京は丁寧に包装された小箱を開けてみた。

「紅茶ですか?」享が訊ねる。

「ダージリンとアールグレイのブレンドです」

　右京は箱に入っていた缶の蓋《ふた》を開け、香りを嗅いで答えた。

二

　捜査員が詰めかけた部屋で、誘拐された村本修吾の父、村本博史《ひろし》が電話に出ると、ボイスチェンジャーを通した不気味な声が聞こえた。

——修吾くんを誘拐しました。離婚したほうの奥さんを呼んでください。

妻の朱実が不安いっぱいの眼差しを博史に浴びせる。

「前の女房を呼べって」

博史は当惑した顔で捜査員にそう告げた。

連絡を受けた博史の元妻、梶井《かじい》素子《もとこ》は血相を変えてやってきた。

「ちょっと、どういうことよ⁉」

部屋に入ってくるなり捜査員を押しのけて村本夫妻の前に出る。そうして朱実を睨《にら》みつけて罵《ののし》った。

「あんた、何やってたのよ！　あんたたち、散々私のこと母親失格とか言ったくせに、なんてざまなの⁉　ねえ、修吾に子供携帯持たせてたわよね。ＧＰＳで場所わかるんじゃない？」

それを聞いて特殊班のリーダー、吉岡《よしおか》琢磨《たくま》は夫婦を見遣った。

「修吾くんに携帯は持たせていないとお聞きしましたが」

「持たせていないです」

朱実がそう答えると、素子は詰《なじ》った。

「なんでよ⁉　私が買ったのがあるでしょ？」

「どうせ使わないし、あなただって修吾と電話したことなんかないでしょ⁉」

朱実が反撃すると、素子は烈火のごとく怒った。

「こういう時のために持たせてたんじゃない！　あんた……犯人に協力してるんじゃないの？」

「なんてこと！」興奮して立ち上がった朱実を、博史が押さえる。「何も知らないくせに！」朱実は金切り声をあげた。

次の朝、右京はひとり悟巳の部屋にいた。閉められたカーテンの間から差し込む陽の光が眩しい。右京はダイニングのテーブルに突っ伏して息絶えている悟巳の姿を想像してみた。棚には様々な種類の紅茶の葉が入った缶が並んでいる。その後ろにフォトスタンドに入った写真があった。見たことのない花の写真だった。

――あの花を見た時は、何かいいことが起こるような気がしました。

紅茶店でそう言ったときの悟巳の表情が、右京の脳裏に浮かんだ。

――何かいいことはありましたか？

右京がそう訊ねると、悟巳はこう答えた。

――楽しいことのあとには必ず、悲しいことが起こります。

そうして思わず涙を流した悟巳に、右京はハンカチを貸したのだった。

右京は白い手袋をはめて、テーブルの上や部屋の中を調べ始めた。ふと足元に目を遣ると、テーブルの下に敷いてある白いカーペットに、何か液体をこぼしたような痕《あと》があった。色や匂いからすると、どうやらそれは紅茶の染みらしかった。

誘拐犯はネット上の動画サイトに修吾が写っている映像をアップした。しばらくして素子のスマートフォンの着信音が鳴り、ボイスチェンジャーを通した犯人の声が聞こえてきた。

――動画は確認して頂けましたね？

「はい！」

――修吾くんを返してほしければ、今日の午後一時、現金一億二千万を用意してください。

「え？　私が⁉」

――はい、あなたです。梶井素子さん。

「今日の午後一時なんて無理よ！」

――あなたの投資会社には、顧客から預かっている現金があるでしょう。

素子が投資コンサルタント会社を経営していることは、犯人には織り込み済みのようだった。

「それは私のお金じゃないから」

素子の言葉は無視された。

——いつものジョギングウエアを着て、黒いリュックに金を詰めておいてください。

「ジョギングウエア？」

——指定した金額が用意出来ない場合は、修吾くんの命の保証は出来ません。どうせ警察を呼んでいるのでしょう。われわれの動機は、特命係の方にでも聞いたらいいでしょう。

そう言い残して、音声は途絶えた。

「切れちゃった。ねえ特命係って、あんたたち？」

素子の問いに、吉岡は怪訝《けげん》な顔で答えた。

「いえ、われわれは特殊班なんですが」

その犯人のメッセージは、警視庁に置かれた捜査本部に伝えられた。

「え、特命係？　なぜ特命の名前が……」

ボイスチェンジャーの音声を聞かされた享が意外そうな声をあげた。

「ええ。なぜ特命係なのでしょう？」右京も首を傾《かし》げた。

「特殊班と間違えてるだけだと思いますけどねえ」

隣で捜査一課の伊丹憲一が皮肉っぽく言った。

「杉下、心当たりは？」中園が訊ねる。

「ありません」

「会話を聞いて何か気づいた点は？」

村本家から一旦戻っていた吉岡が右京に訊ねる。

「今のところは何も」

「ご苦労さま。特命係はもうお帰りください」

「そうですか。では、われわれは」

伊丹の憎々しげな言葉に右京が応じると、中園が意外なことを口にした。

「待て！　今回の誘拐事件は特命にも協力してもらう」

「え⁉」

伊丹が素っ頓狂な声をあげた。

「文句あるのか⁉」

「あっ、いえ」

中園に睨まれて、伊丹がひるんだ。

「では、伊丹から報告を頼む」

中園が捜査会議を再開する。

「はい。えー、修吾くんは村本博史さんと離婚した梶井素子さんとの間に生まれた子供です。修吾くん誘拐時に一緒にいたのは再婚相手の朱実さん。義理の親子ですが仲は非常にいいということです」

　捜査一課の芹沢がその後を続けた。

「梶井素子さんは、『お金こそが人生』というフレーズで有名な投資家です。テレビ出演や著作なども多く、犯人の狙いは彼女の資産だと思われます」

三

「到着しました！」捜査員の声が響く。

　白いジョギングウエアに着替えた素子が、大きなジュラルミンケースを提げて村本家に戻ってきたのだ。

「さあ、用意したわよ！」

　ケースの蓋を開けると、ぎっしりと札束が詰まっている。

「ありがとうございます」

　朱実が声を詰まらせた。

「なんでわざわざ現金を用意しなきゃいけないわけ？　新聞紙かなんかじゃダメなの？」

　素子が不満げに訊ねると、吉岡が答えた。

「もし仮に犯人の手に身代金が渡った場合、新聞紙を見た犯人が人質に危害を加える可能性があります」

「それって、身代金が奪われるっていう前提じゃない」

「いえ、身代金は必ずお守りします」

そう約束した吉岡に、素子は噛みついた。

「当然でしょう！　誘拐捜査のプロならちゃんと仕事してよね！　私がいくら税金払ってると思ってるの⁉」

そのとき、素子のスマートフォンが鳴った。吉岡が録音の準備を整えてから、ゴーを出した。素子が出ると、またボイスチェンジャーを通した声で犯人は告げた。

「用意しました」

──一億二千万、用意出来ましたか？

「はい」

──いつものジョギングウエアを着ていますね？

──黒いリュックに金を詰めて、氷川神社に来てください。午後二時、龍神公園の泉までジョギングのスタートです。

「聞こえましたか？　至急、配備お願いします！」

吉岡がマイクに向かって叫んだ。

所定の時間まであと一時間。中園は捜査員を現地に配備する命令を下した。

犯人からの電話を受けた素子の傍らにいた右京と享は、地図で犯人が指定した場所を確認して、氷川神社と龍神公園の泉に心当たりはないか、と素子に訊ねた。するとそれはどちらも金運が上がるパワースポットで、素子のジョギングコースでもあるという。そしてそのことはマスコミで喋《しゃべ》りまくっているので、犯人ならずとも知っていることらしかった。

そのジョギングコースは五キロほどの距離だった。吉岡は素子からコースの詳しい経路を訊き、本部にそれを伝えた。

場所といい〝いつものウエア〟と指定してきたことといい、犯人には明確な意図があると受け取った右京は、享を伴ってゴールである龍神公園の泉近くで待つことにした。

一方、捜査本部では、すぐさまスタート地点とゴール地点に監視カメラを設置し、経路への捜査員の配置を進めた。そこに犯人からの指示が出たと報告を受けた内村がやってきて、檄《げき》を飛ばした。内村にとっては、素子が著名な投資家であることが、何よりも重要なことらしかった。

素子は警察との連絡、犯人との通話が録音できるようになっているイヤフォンを装着され、タクシーで氷川神社まで送られた。路上に駐車している車、バイクに跨《また》がっている者、神社の関係者を装い、竹箒で掃除をしている者……数々の捜査員と監視カメラが見守る中、素子のスマートフォンが着信音を鳴らした。

――午後二時、スタートの時間です。

そのボイスチェンジャーの音声を合図に、レースは始まった。

素子は背中に札束が入った重そうなリュックを背負って走った。神社を出て公道に入ると、身を忍ばせながら捜査員が追った。

しばらくして素子は龍神公園に入った。その公園内のジョギングロードを、素子はひたすら走った。公園は広く、ジョギングする人も多いので、捜査員も目立たずに済んだ。

その龍神公園まで、右京と享はクラシックな小型車で向かった。

「犯人はこの龍神公園で身代金を奪う計画なんですかね？」

公園の沿道に停めた車を降りたところで享が訊ねた。

「なぜジョギングをさせるのか、必ず意味があるはずです」

運転席を降りた右京は、享とともに公園内に入った。

「前方より自転車の集団が高速で接近中」

ジョギングをしているふうを装った捜査員が、胸元のマイクに小声で告げた。確かに前方から競技用の自転車が数台、素子に向かって走ってくる。それらの自転車は高速で素子の傍らを掠《かす》め、そのまま走り去ってしまった。

「間もなくゴール地点だ。警戒しろ」

中園がマイクで捜査員たちに命じた。

大きな広場を横切り、泉のほとりの小さな祠《ほこら》に到着したところで、素子のスマートフォンが着信音を鳴らした。ボイスチェンジャーの声が命ずる。

――リュックを下ろしてテレビ電話機能で中を見せてください。

「何をやってるんだ?」

監視カメラから流れてくる映像を見て、内村がイライラした声で訊いた。

「現金を撮影しているかと思われます」

中園が答えると、内村が不機嫌極まりない口調で言った。

「そんなことはわかってるよ」

スマートフォンのカメラレンズを通じて現金を確認した犯人は、動画サイトを見るように、と告げた。素子のスマートフォンにも、そして捜査本部のパソコン上にも、そのサイトの動画が映った。そこでは手足を縛られた修吾が石油ストーブの前で声をあげて泣いていた。

「修吾!」

素子が叫ぶ。するとボイスチェンジャーの声が「警察の皆さんもご覧になりましたね?」と言った。警察側に会話が筒抜けなのを、犯人は承知の上なのだ。犯人は警告のメッセージを告げた。

――梶井さんの周囲から捜査員を遠ざけてください。修吾くんがどうなっても知りません。いいですね？

そうして素子に、次は成増《なります》ペテロ教会まで走るように指示を出した。

「成増ペテロ教会？」

素子が聞き返すと、犯人は口頭で経路を教えた。

――今いる泉の前から公園の南口を出て右側に走ってください。光が原団地の広場を通り抜けて、国道を真っすぐ走るとホームセンターがあります。そこを左折すると教会があります。

「梶井さん、犯人の指示どおり教会に向かってください」

中園はマイクを通じて素子に指示を出した。

素子はリュックの口を閉めて背負い直し、教えられた経路を走った。泉のそばの林のなかで素子を見守っていた右京と享は、イヤフォンで犯人の指示を聞きながら、地図をチェックした。

「犯人は経路を指示してきました。必ず意図があるはずです。行きましょう」

右京が享を促し、ふたりも成増ペテロ教会に向かった。

「バカ者！　捜査員を再配備しないか」

内村の怒声を浴びて、中園は至急捜査員の再配備を命じた。

成増ペテロ教会は、現在は使われておらず建物は廃墟のように蔦《つた》に覆われていた。現場に到着した右京は、団地の広場に注目した。そこには車両が入ってくることが出来ないので、しぜん警備が手薄になる。ここで何かを仕掛けてくる可能性が高い。ふたりは周囲を見渡した。


やはりそれはその広場で起こった。素子が広場の中央に達したところで、大音響のダンスミュージックとともに、素子と同じ白いジョギングウエアを着て黒いリュックを背負った者たちが現れ、素子を取り巻いた。彼らはフードを被ってマスクをしているので顔は解らないが、皆ダンスは上手く、音楽に合わせて同じ振り付けで踊り出した。

「なんだ？　これ」

その光景を見た享が口をあんぐり開けた。

「僕としたことが……」

予想外の展開に言葉を失った右京は、素子に向かって走り出した。何が起きているのか分からない捜査本部はもとより、吉岡をはじめそこにいた捜査員も、愕然とした。

集団のなかに入った右京と享は、踊っている者たちのフードを次々とめくって素子を探した。やがて集団のほぼ中央に、ぺたんと地面に座っている素子を見つけた。

「大丈夫ですか？　梶井さん！」

ふたりが駆け寄ると、

「お金、とられた！　とられた！」

素子が指さした先には、集団から抜け出た男が宅配バイクに走り寄り、跨がったのが見えた。右京と享はそのバイクに向かってダッシュした。バイクは急発進する。ふたりはバイクが進む公園内の道を先回りし、沿道で両手を挙げて阻止しようとした。が、難なくバイクはそのバリケードを破ってしまった。

「カイトくん！」

「はい！」

ふたりは沿道に停めてあった車に乗り込み、バイクを追跡した。必死で振り切ろうとした男は、やがて追いつめられて、バイクを乗り捨てて走り出した。享が追いかけて、つまずいて転んだ犯人を取り押さえる。それを見た右京が、横転したバイクにゆっくりと近づく。するとそのとき、バイクが轟音《ごうおん》をあげて爆発した。

パトカーのサイレンがあたりを駆け巡る。バイクの男は集まった大勢の捜査員たちによって連行された。踊りを踊った若者たちは地べたに座らされて調書をとられていた。

たった今、目の前で起こったことが信じられないという様子の素子だったが、ふと視界の隅に小さな子供の影を捉えてハッとした。その子供は、広場を臨む位置にある大きな団地の住棟のひとつから出てきたのだった。

「修吾！　修吾！　大丈夫だった？」

駆け寄った素子は、修吾をひしと抱きしめた。

「おばさん……ママは？」

涙を流しながら、修吾は素子に言った。

「すぐ来るわ。修吾……」

素子は修吾の頭を撫でて、再び強く抱きしめた。

四

警視庁の取調室では、一億二千万円という金額を聞いて、バイクに乗っていた男、越《こし》本《もと》が大きなため息を吐いた。

「知らなかったんです。故障したから降りただけで、あんな爆発するなんて」

「知らなかったで済むと思ってんのか？」伊丹が凄《すご》む。

「本当に何も知らないんです。俺はあそこに行って女にフードをかぶせて、リュックを受け取って帰れと言われただけです」

「誰に言われたんだ？」

「上条金融の宮《みや》ノ原《はら》さんって人が、このバイトやったら借金チャラにしてくれるって」

それを受けて捜査本部では、今回の一連の動きについて話し合われた。

上条金融というのはいわゆる闇金融だった。借金をしていたとはいえ越本はどこにでもいそうな普通の青年で、あながち嘘を言っているとも思えなかった。また、今回ダンスに参加した若者は皆、ＣＭ撮影でフラッシュモブをするという名目で集められたようだった。フラッシュモブというのは、申し合わせた人々が街頭で突然ダンスなどを始め、終わったらすぐに解散するというパフォーマンスで、彼らは全員ダンサー募集の掲示板で応募しており、取っ払いの日給と衣装を支給されて指示どおり踊って解散しただけだと証言していた。

「修吾くん誘拐の実行犯の情報は？」

中園が訊ねると、吉岡が公園の防犯カメラに写っていた清掃員に扮した男たちの静止画像を示して答えた。

「このふたりの男が修吾くんを公園のトイレから誘拐した実行犯と思われます。防犯カメラに写ったふたりを顔認証システムで照合しましたが、免許証の登録や過去の犯歴データとは一致しませんでした」

なお、ボイスチェンジャーを使っていた連絡係の男の発信元は特定できなかった。

「修吾くんの監禁場所について……」

中園が訊ねようとしたところへ、末席に座っていた享が挙手した。

「修吾くんは、あの団地の空き部屋に監禁されていました。監禁中、ひと組の男女によって見張られていたと思われますが、残念ながらあの団地には防犯カメラが設置されておらず、今のところ男女の行方はわかっていません」

「一体どういう組織の犯行なんだ？」

何もかもが経験値を超えたこの犯行に、中園が匙《さじ》を投げそうになったところへ、右京が呼びかけた。

「中園参事官」

「なんだ？」

「犯罪を細分化し足のつきにくい人間たちを部品のように使う。そういう犯罪組織があったと思うのですが」

そこで中園はひらめいたようだった。

「飛城！　飛城雄一の組織か！」

右京が続ける。

「身代金を奪った越本が誘拐のことを知らなかったように、実行犯たちはそれぞれの命令に従って自分たちの役割を遂行しただけ。事件の目的もお互いの素性も知らない可能性があります」

警視庁の一室で、素子は右京と享、そして吉岡と向き合っていた。

「三分の二が焼け残った札は再発行することが可能で……」

言いづらそうにしている吉岡に、素子はずばりと訊ねた。

「いくら残ったの？」

「二十三万円になります」

その金額を聞いて、素子の怒りに火が点いた。

「そんな、ちょっとばかし返ってきたって意味ないわよ。あんた、必ず守るって言ったわよね？　警察が責任持って弁償しなさいよ！」

「申し訳ありません。われわれは弁償することは出来ません」

吉岡は丁重に頭を下げ、後は特命係に任せたとばかりに部屋を出ていった。頭を抱える素子の正面から右京が訊いた。

「梶井さん。飛城雄一という名前をご存じではありませんか？」

「飛城？　聞いたことないけど？」

「ある犯罪組織のリーダーの名前なんですが」享が言った。

素子はちょっと思案してから、思い出したように答えた。

「犯罪組織……そういえば、去年、私がある企業の株式を大量売りしたことで、やばい連中がかなりの損害被ったって聞いたことあるけど」

ちょうどその頃、西神田にある〈しの〉という小料理屋で、佐伯紫乃《さえきしの》という女将《おかみ》が拉致された。手口は極めて巧妙だった。まず夕方、開店したばかりの店に男がひとり、客として入店する。とりあえずビールを頼んだ男は、トイレを借りる。そうして便器のなかに薬を仕込み、戻ってきてから〝水が流れっぱなしになっている〟と告げる。紫乃がトイレに向かい、便器の蓋を開けた途端、水に反応した薬がガスを発生させて紫乃を昏《こん》睡《すい》させる。そこへ運送会社の作業員に扮した男がふたりやってきて、紫乃を袋に入れて車に乗せる。そして暖簾《のれん》を下ろし、〝都合により長期休暇を取らせていただきます〟と記した紙を戸口に貼る……こうして誰にも気づかれずにひっそりと、人ひとりの気配が完全に消えた。

鑑識課の米沢守の元を訪れた右京と享は、爆発したバイクについて調べた結果を聞いていた。

「杉下警部がおっしゃるとおり、単なる故障であそこまでの爆発は起こらないでしょうな」

米沢は残骸物を分析したレポートを右京に渡した。

「つまりなんらかの仕掛けがあった」

「ええ、爆発により証拠はほとんど残ってませんが、燃焼のスピードが速い黒色火薬が現場から検出されました」

「じゃあ、あらかじめ爆発させるつもりだったわけですね」

亨の言葉に、米沢は頷いた。

「逃走後の証拠隠滅《いんめつ》用に爆破装置を仕掛けた、という見方になるんでしょうか」

その結果を聞いたふたりは取調室に赴き、越本と対面した。

「バイクが故障したというのは嘘ですね？」

右京に突っ込まれた越本は、それでもまだ口を閉ざしていた。

「黙ってると君が主犯ってことになるかもしれない。身代金を強奪したのは間違いなく君なんだから」亨が付言する。

「俺は金のことも誘拐のことも知らないって言ってるじゃないですか」

追い込まれた越本に、右京が助け船を出す。

「それは信じましょう。しかし、あなたの知っていることは全て話してください。あなたは本気で逃げるつもりはなかったのではないですか？　車の追跡をかわしたかったのであれば、細い路地を通ればいい。ですが、あなたはそうはしなかった。まるでわれわれに捕まえられたかったかのように」

「俺は指示どおりに動いただけです」

「どんな指示だったのですか?」右京がさらに訊ねた。

「バイクを捨てて逃げろと言われました」

「そして、もし捕まったらバイクが故障したことにしろと言われた」

亨の言葉に、越本は首肯《しゅこう》した。

「はい。そうです。他のことは何も知らない僕には罪はないと言われました」

取調室を出て廊下を歩きながら、右京が言った。

「犯人グループは身代金を持ち去れないのであれば、黒色火薬を使ってまで身代金を燃やそうとしたと考えられます」

「なんでそこまでして燃やそうとしたんでしょうか?」

亨のもっともな疑問に、右京が答える。

「燃え残った札は再発行出来ます。犯人は梶井さんにお金が戻るのをよしとしなかった。そこから推理出来るのは、犯人の目的は株式の損害を取り戻すということよりも、梶井さんにダメージを与えることにあったということです」

「手短にしてもらえません?　顧客が一斉に離れてテンパってるんですから」

右京と亨が素子の会社に行くと、素子はパソコンで株式市場のサイトを見るのに夢中だった。

「身代金の影響ですか？」右京が訊ねる。

「まあね」

「でも、梶井さんは被害者です。同情されることはあっても契約を打ち切られる必要は……」

享が慰めともとれる言葉を述べると、素子はそれを遮《さえぎ》った。

「信用の問題。私は顧客から預かっていたお金に手を出した。何もかも失った」

「何もかもですか」

素子はパソコンの画面から顔を上げ、聞き返した享を見遣った。

「修吾がいるって言いたい？　あの子とはこの一年で一度ぐらいしか会ってないから」

右京が素子のデスクまわりに飾ってあるフォトスタンドを見て訊ねた。

「この写真は？」

「顧客と撮った写真」

「氷川神社ですね」

「顧客と一緒に金運が上がるようにジョギングしてるの」煩わしそうに右京に答えた素子は椅子から立ち上がり、急き立てるように言った。「ねえ、これって捜査となんか関係あるの？　帰ってもらっていいかしら？」

すると右京が申し訳なさそうに、しかし有無を言わさぬ態度で人さし指を立て、フォトスタンドを掲げて訊ねた。

「もうひとつだけ。このジョギングに参加した顧客の方たちのリスト、お借り出来ますか？」

素子は苛立ちを隠しもせずに、吐き捨てるように言った。

「面倒くさいわねえ！」

五

衆議院議員の橘高の事務所に、奇っ怪なメールが届いた。その異様さは、開いた秘書が叫び声をあげるほどだった。メールには橘高の顔写真に被せて次のようなメッセージが記され、ボイスチェンジャーを使った音声が同文を読み上げていた。

〈十二月二十五日、衆議院議員　橘高誠一郎は必ず罪を犯す〉

メールは複数の海外サーバーを経由しているため、発信者は特定できなかった。その周到さが、差出人が飛城本人であるということの証《あかし》……すなわち飛城の摘発に向かって動いている橘高を、あからさまに脅してきた、というのが警視庁の見方だった。

「はっきり申し上げておきますが、私が犯罪者になることなどあり得ません」

警察庁次長の甲斐峯秋と刑事部長の内村完爾の前で、橘高はきっぱりと宣言した。それを受けて、峯秋はこう約した。

「飛城は何を仕掛けてくるかわかりません。警察が総力を挙げて厳戒なる警備態勢を敷かせて頂きます」

「ありがとうございます。ただし、公務は予定どおり行います。私はテロには屈しない」

さすがは元東京地検特捜部の剛腕検事である。橘高はこう結んで虚空を睨んだ。

峯秋は、橘高の警備を強化する一方、別の方面を固めることも怠ってはいなかった。現在は警視庁広報課の課長であり、かつては内閣情報調査室総務部門の主幹だった社美《やしろみ》彌子《やこ》を呼び、徹底的に橘高の身辺を調べ上げるよう命じたのだ。手段は選ばなくていい……そこまで言った峯秋に従いながら、美彌子はこう付け加えた。

「誘拐事件で、犯人から特命係に指名があったそうですね」

「そのようだね。何か気になるかね？」

峯秋は特命係の息子のことを思い、憮然《ぶぜん》とした表情で答えた。

素子の会社から特命係の小部屋に戻った享は、早速、素子から借りてきた顧客リストの人物をパソコンを使って洗ってみた。するとそのなかに、自殺した女性がいることを発見した。名前は伊藤博美《いとうひろみ》。六十代の女性で、ちょうど一年前のクリスマスに、富士山麓の樹海で集団自殺をしていたのだった。飛城が橘高が罪を犯すと予言したのも十二月二十五日、クリスマスだ。偶然とは思えないその一致に何か重大なものを感じた右京は、亨とともに樹海に赴くことにした。

雪化粧をした真冬の富士山が、青い空に屹立《きつりつ》する。空は見事に晴れ渡っているのに、その麓《ふもと》に広がる樹海の中は暗くじめじめと、陰気なムードが漂っていた。右京と亨はいつものクラシックな小型車を降りて、魑魅魍魎《ちみもうりょう》が潜むようなその森に、足を踏み入れた。亨の持っている地図だけが頼りである。帰り道が分からなくならないように、ふたりは所々の枝に白いビニール紐を結わえながら進んだ。そしてついに、伊藤博美たちが集団自殺したくぼんだ場所を見つけた。彼らはそこにテントを張り、中で練炭を焚《た》いて死んだのだった。

博美と一緒に三人の遺体が発見されているが、他に身元が確認出来たのは粕谷栄子《かすやえいこ》という女性のみで、他の男性ふたりは身元不明のままだった。

亨が事件の資料を見せると、右京は意外なことを言った。男性ふたりのうちのひとりに見覚えがあるというのだ。それは若い方の男性で、特徴としては顔の目立つところ、鼻と頬《ほお》にひとつずつ、ほくろがあることだった。

「どこでこの男性に？」亨が訊ねた。

「君が特命係に来る前の話ですが、僕は万引きの現行犯を逮捕したことがありました……」

右京の言うには、それは微罪といえども警察官としては見逃してはならないことだった。たまたま入った書店で、右京は、若い女性が本を万引きするのを見てしまったのだ。書店を出たところで、右京は女性の腕を摑んだ。書店に戻って事務所で保護すると、報せを受けた恋人が駆けつけてきた。どうやらその女性は手癖が悪く、いわば万引きの常習犯だった。恋人は、見逃して欲しいと懇願した。が、右京がそれを受け入れるはずはなかった。結局彼女は未成年だったので、保護者に連絡して引き取ってもらったのだが、その恋人が、資料の写真に写っているほくろの男によく似ているというのだ。

「もしその男性が身元不明の男だったとしたら、すごい偶然ですね」

右京は頷いた。

「ええ。この場所で集団自殺した四人がどういう関係だったのか、気になりますね」

その集団自殺の資料を持って、右京と享は素子の会社を再び訪ねた。資料の写真で伊藤博美を確認してもらったところ、素子はあまりのことに絶句した。そして右京は、身代金が奪われた広場近くの団地と素子が、伊藤博美という存在を介して大いに関係があることを説いた。すなわちあの団地は伊藤博美がずっと昔から住んでいたところだったのだ。素子はそのことにも驚きを隠せないようだった。

「伊藤さんが投資の相談に来たのは三年前でした。自分で言うのもなんですけど、私のアドバイスでＦＸを始めて伊藤さんの資産は順調に増えていきました。まさかあんなことが起きるなんて……」

「何があったんですか？」亨が訊ねた。

「二〇一三年二月二十六日。円の暴落があったのを覚えてますか？」

「あなたは職業柄、大変だったでしょうねえ」右京が応ずる。

「私、初め、暴落が起きてること、知らなかったんです」

「何か事情があったのですか？」右京が訊ねた。

その日、素子のスマートフォンに電話が入った。修吾からだった。ちょうどその頃は博史が朱実にプロポーズをしようとしていた時期で、修吾は父親の愛情が自分から朱実に移ってしまっていることを感じ取ったのだろう。情緒的にも不安定になっていた。素子は修吾を公園に連れて行って一緒に遊んでやることにした。

――パパを取られるわけじゃない。修吾にはいつもそばにいてくれるママが出来るの。ママはなかなか会えないからね。

素子は修吾にそう言い聞かせた。そして、こう告げたのだった。

――これから私は修吾のおばさんになる。

――おばさん？

――そう。

ちょうどそのとき、素子のスマートフォンが着信音を鳴らしたのだ。

――お仕事行っていいよ。

気を利かせた修吾がそう言ったが、小さな心がどう動くか心配だった素子は、電話を無視して修吾と遊び続けたのだった。

「なるほど、おばさんですか」右京はその時の素子の複雑な心境を思いやりながら続けた。「そしてあなたが出なかった電話が円の暴落を告げる連絡だったんですね？」

「ええ。私が職場に戻った時は全てが終わったあとでした」

素子は唇を噛んだ。

――何度も電話したのよ。あんたに聞かないと何もわからないじゃない。

もっとも強く素子を詰ったのは、伊藤博美だった。平謝りに謝る素子に、博美は何をしていたのかと問うた。

――子供と公園に……。

申し訳なさがいっぱいで素子がそう答えると、博美は烈火のごとく怒った。

――子供？　あんた、お金こそ人生って言ってたくせに！　肝心な時に子供と遊んでたんだ。おかげで……私がひとりで頑張ってためたお金、全部なくなっちゃったわよ。

その後、博美は生活に困窮するようになって家賃も払えなくなり、あの団地の広場や屋上で寝泊まりしていたという。近隣の住民からの汚いという苦情が来て、そこを立ち退いた後、向かった先が樹海だった。

「生涯独身で子供もいなかった伊藤さんがお金まで失った。そんな彼女から見たら、あなたは子供もお金も全てを手に入れているように見えたでしょう。暴落の日、あなたは修吾くんと公園にいました。あなたが母親からおばさんになってしまった悲しみを、伊藤さんが知らなかったとしたら、あなたに恨《うら》みを抱いたとしても不思議はありません」

右京がそう述べると、素子は目に涙を浮かべながら言った。

「もしそういうことなら、伊藤さんは恨みを晴らしたことになるんでしょうね。投資家としての信頼を失って修吾とも会えなくなった」

「何かあったのですか？」右京が訊ねた。

「あの夫婦が私のお金のせいで誘拐されたんだからもう会わないでくれって。私は〝おばさん〟ですらなくなった」

素子は魂がどこかへ飛んでいってしまったような顔で、そう答えた。

六

右京と享はその後、恋人の万引きを見逃して欲しいと右京に頼んだ青年、藤井《ふじい》貞雄《さだお》の働いていた〈内田《うちだ》工務店〉を訪ねた。そしてそこで藤井が身に着けていた服などを預かった。DNA鑑定をして、藤井が身元不明の男と同一人物であるかを調べるためだった。

「藤井は身寄りがなかったし、俺がもっと気にしてやるべきだったんだなあ」

工務店の社長は後悔の念をあらわした。

右京はそれから、万引きをした若い女性、生田里保《いくたりほ》の北海道にある実家に電話をかけた。電話に出た母親は、あんなことがあって、里保を北海道に連れ戻したのだが、半年ほどして病気で亡くなってしまったと言った。右京がその後、藤井から連絡はあったか、と訊ねると、母親は吐き捨てるようにこう答えた。

——しつこく連絡してきました。でも、あの子には一切、伝えませんでした。あんな男と付き合ったせいで、あの子、心を患ったんです。

右京は工務店から預かった藤井の衣服を鑑識課の米沢守のところに持ち込んだ。DNA鑑定を依頼するためであった。ふたつ返事で承知した米沢は、

「それにしても今回の誘拐事件の関係者と過去に杉下警部が関わった万引き事件の関係者が、一緒に自殺をしていたかもしれないとはえらい偶然もあるもんですな」

と驚いていた。右京は集団自殺したもうひとりの身元不明の男性について訊ねた。すると米沢は、

「この情報だけで身元を特定するのは難しいと思われますね。まず財布や携帯電話など、

なんらかの連絡先を示す所持品がない。歯の治療痕など医療関係の情報もない。衣服なども大量に出回っているものですし」と答え、右京は「やはり難しいですかねえ」とため息交じりに言った。実際、身元不明の遺体は東京都内だけでも毎年百を超えると言われている。

「悲しいことですが、いなくなっても気づかれない、そういう人たちが存在するということです」

米沢が重々しい表情で述べると、

「いなくなっても、気づかれない存在ですか……」

と右京は虚空を見た。

特命係の小部屋に戻った右京は、享から集団自殺したもうひとりの女性、粕谷栄子について報告を受けた。納税書類から生前の勤め先が分かったというのだ。それは〈一《いち》松《まつ》〉という老舗《しにせ》料亭だった。

「料亭の仲居さんというのは、こんなにお給料をもらうものでしょうかねえ」

右京が栄子の納税書類を見て意外な顔をした。年収の欄に記された金額は七百万円とあった。

「確かに。でも、料亭の仲居と飛城の事件に何か関係があるんですかね？」享が訊ねる。

「老舗料亭はよく政治家の会合に使われます。料亭一松といえば天沢大二郎《あまざわだいじろう》御用達の料亭です」

　天沢大二郎というのは、五年前、汚職事件の取り調べ中に自殺した政治家だった。そしてその事件を担当したのが、当時、東京地検特捜部にいた橘高だった。

「ということは、一年前の十二月二十五日に樹海で自殺した伊藤博美さんは、梶井素子さんに恨みを持っていた可能性がある。そして、飛城のターゲットである橘高議員と、同じく樹海で集団自殺した粕谷栄子さんには接点が見つかった」

　ホワイトボードに貼り出した写真を動かして、享がこれまでにわかった事件の概要をまとめた。

「ただの偶然とは思えませんねえ」

　右京がホワイトボードを見て言った。

　右京と享は〈一松〉を訪ねた。応対した女将によると、栄子は長年ここで仲居をしていたが、もう何年も前に辞めているので自殺の動機などに心当たりはないとのことだった。そこで享が懸案のことを訊ねた。

「こちらの料亭は亡くなった天沢大二郎さんもよく利用していたそうですが、粕谷さんと天沢さんは会ったことがあるんでしょうか？」

　女将は表情も変えずに答えた。

「さあ、どうでしょうかね？　天沢さんがいらしてたかどうかも忘れてしまいました」

「それは、何かを隠してると判断していいんでしょうか？」

享が突《つつ》くと、女将は小声で笑い、「お役に立てなくてごめんなさいね」と頭を下げ、

「では、お引き取りください」と冷たく言い放った。

立ち上がりかける女将に、右京はいつものごとく人さし指を立てて訊ねた。

「あっ、最後にもうひとつだけ。つかぬことをお伺いしますが、仲居さんの給料というのはどれくらいが相場なんでしょうか？」

「ぶしつけになんです？」女将が不機嫌な顔をした。

「いえ、粕谷栄子さんのお給料を見たのですが、サラリーマンの平均給料よりも高かったものですから」

「仲居が高給取りじゃおかしいかしら？」

皮肉たっぷりに訊き返す女将に、右京は答えた。

「いえ、決してそういうことではありません。単純に気になりまして」

享が言い訳のように女将に言った。

「細かいことが気になる人なんです」

「ええ、僕の悪い癖《くせ》」

女将は半ば誇らしげにこう答えた。

「器量がいい子でしたから、彼女についているお客さんもいたんです。そういう仲居にはお給金を弾《はず》むというのが私のやり方ですから」

「ああ、納得です」右京は頭を下げた。

料亭の玄関を出たところで、享が訊ねた。

「杉下さんは、やけに粕谷さんの給料にこだわってますね」

右京はこう答えた。

「僕が二課にいた頃、ある会社社長の金の流れを調べる中で別の料亭でこんなことが起きていたんですよ。社長と仲居は愛人関係。社長は料亭の会計に手当の金額を上乗せして払い、仲居は給与に手当の金額を上乗せして毎月受け取る」

「直接渡したほうがバレにくいと思うんですけど」享が単純な疑問を述べる。

「会計に上乗せすれば経費として落ちますから、懐が痛まないわけですよ」

享が頷いた。

「なるほど。同じことが一松でもあったとしたら、粕谷さんは誰かの、もしかしたら天沢大二郎の愛人だった可能性もある」

「あくまで推理です。裏の取りようもありませんがね」

「あの女将は何も喋らないでしょうしね」

享が苦笑すると、右京がうがったことを述べた。

「料亭の女将とはそういうものでしょう」

「じゃあ、橘高さんに直接聞くのが早いですね」

「そのようですね」

七

橘高の事務所が入っているオフィスビルの前では、橘高が沢山の報道陣を前にしていた。

「すいません、時間がありませんので手短にお願い致します」

林立するマイクに向かって、橘高が言った。まずトップバッターの記者が口火を切る。

「橘高議員、明日は十二月二十五日、クリスマス。議員が必ず罪を犯すと予告された日ですが」

橘高は自信たっぷりに答えた。

「当然ながら私が罪を犯すなどということはあり得ません。明日、飛城雄一が何かを仕掛けてくるとしたら、逆に組織を壊滅するチャンスだと思ってますよ」

「問題なく終わりそうですね」

橘高の警護に当たっている芹沢が伊丹に言うと、伊丹が頷きながら身体をよじった。

「ああ……あ？　背中がムズムズする」

「ええっ？」

ふたりが振り返ると、案の定、右京と享がこちらに向かってくる。

「あっ！」

見ると数名の警護係に行く手を阻まれた特命係のふたりが、身分を告げている。

「もう特命係は！　警護の邪魔までしないでくださいよ！」

伊丹がふたりにクレームをつける。

「橘高議員に少し伺いたいことがありまして」

「議員は分単位で公務をこなしておられます。そんな暇はありません！」

伊丹が右京を諭《さと》している間に、享が警護員をすり抜けてツカツカと橘高に近づいて行った。

「ちょっ、カイト！　バカ、バカ、バカ！」

芹沢が慌てて追いかけるが、享は振り向きもせず、まだ質問途中の記者を振りきってビルの中に入ろうとする橘高を捕まえた。

「橘高さん！　甲斐享です。あの、甲斐峯秋の息子の……」

享は普段ならば決して使わない手を使った。

「ああ、享くんか」橘高の頬が緩《ゆる》んだ。

「お久しぶりです」

「お知り合いですか？」伊丹が橘高に訊ねる。

「ああ。甲斐次長とは特捜時代からお付き合いさせて頂いてるんでね。何か私に用かな？」

「飛城の件について少し伺いたいことがあるんですが」

享が切り出すと、橘高は享をビル内に招じ入れた。

「そうか。少しなら時間を取れる。事務所へどうぞ」

「カイトの野郎、親父パワー使いやがって！」

小声で悪態を吐く伊丹に、右京が声をかけた。

「伊丹さんたちもよろしければ」

「もちろんですよ！」

伊丹と芹沢が特命係の後に付いて行った。

事務所に入り、勧められたソファに腰を下ろしたところで、享が単刀直入に切り出した。

「早速なんですが、粕谷栄子さんに心当たりはありませんか？」

「ないな」

享が差し出した栄子の写真をチラと見て、橘高は即答した。

「粕谷さんは天沢大二郎がよく使っていた料亭一松の仲居をしていたんですが……」

「一松には特捜時代に捜査で行ったことあるよ。あそこは官僚が多く出入りしてる。君ら警察関係もな」

「ああ、そうなんですか」享が応える。

「だが、従業員の顔までは覚えてない。質問は以上かな？」

早く切り上げたそうな橘高を、右京が人さし指を立てて引き止めた。

「あっ、もうひとつだけ。天沢大二郎はもともと清廉潔白な政治家として名が通っていました」

「ああ、〝政界を丸洗いする洗濯機〟、それが天沢のキャッチフレーズでした」

橘高が思い出して苦笑いをした。

「それを逆手に取って、あなたは天沢大二郎を〝カビの生えた洗濯機〟と呼んだ。マスコミはそのキャッチフレーズに飛びつきました」

そこで享がポケットから当時の写真週刊誌の記事のページを切り取ったものを、橘高の前に出した。右京が続ける。

「人気のある議員の捜査を強引に進めるために、あなたは世論を味方につける必要があった。そのために天沢大二郎本人のみならず奥さんの趣味嗜好まで徹底的に調べ上げ、贅沢をしているという印象を作り出しました」

「正義のためにそういう手段を取ることもあります」

橘高は他人事のようにそっぽを向いた。

「天沢大二郎は、汚職について口を閉ざしたまま自宅で自殺。その後、奥さんも心労から衰弱し、昨年、亡くなられたようですね」

右京の言葉に、橘高はきっぱりと言った。

「確かに私は天沢大二郎を厳しく追及したが、そのことに後悔はない。自殺によって不起訴になったが、汚職をしていたことは間違いないんだ。私に責任を感じろと？」

「そうは言っていません。ですが、あなたを恨んでいる人間がいてもおかしくないとはお思いになりませんか？」

右京の言葉に、橘高は強い口調で応えた。

「特捜部にいたんだ。恨みを買うこともあったろうが、似たようなことは君ら警察官だってあるだろ？」

そこで秘書が話を断ち切るように入ってきた。

「先生、次の約束が」

「ああ、そうか。それじゃ、失礼する」立ち上がった橘高は、享を振り向いて言った。

「お父さんによろしくな」

「伝えます」

「頼みますよ、もう！」

右京と享に釘を刺して、伊丹は芹沢を引き連れて橘高に付いて行った。

「どうしましょうか？　粕谷さんは自殺の前に持ち物を全て処分してますから、交友関係を洗うことは出来ません」

皆が去ったところで享が右京に訊いた。

「では、裏技を使ってみましょうか」

「裏技？」

享は右京の顔をしげしげと見た。

八

その夜、行きつけの小料理屋〈花の里〉に、右京は特別ゲストを招いていた。

「柳通りの一松ならよく知ってます。あそこは警察関係者もよく出入りしますから、私も何度か」

そのゲスト、首席監察官の大河内《おおこうち》春樹《はるき》に享は顔写真を出して訊ねた。

「この女性に見覚えはありませんか？」

「ああ、仲居の粕谷さんですね」大河内は難なく答えた。

「彼女に関して何か覚えていることがあれば教えて頂きたいのですが。なじみの客や仲のいい従業員などがいれば」

大河内は思い出しながらこう答えた。

「確か、同じ仲居の佐伯さんと仲がよかったそうです」

さすがは大河内である。その佐伯という仲居は今は一松を辞めて、西神田で小料理屋を開いている、という情報とその場所まで把握していた。

「助かります」

スマートフォンを出して小料理屋の連絡先を教えた大河内に、右京は礼を述べた。

「何かお飲みになりますか？」

女将の月本幸子が、料理の皿を置きながら大河内に訊ねる。

「ではビールを」と答えた大河内は、右京に小声で言った。

「女将が替わっていたんですね」

「ご存じありませんでしたか」

西神田の小料理屋に電話をかけながら、右京が訊いた。

「ええ」

「二代目の月本幸子と申します」

小首を傾げて自己紹介する幸子に、大河内は真面目な顔で頭を下げた。

「警視庁の大河内です。よろしくお願い致します」

「出ませんねえ。今日は店、休みでしょうかね？」

呼び出し音を鳴らし続けているスマートフォンを耳に当てて、右京が言ったところへ、新しい客が入ってきた。

「こんばんは」

亨の恋人、笛吹悦子《うすいえつこ》だった。

「仕事終わりに寄ったんだけど、いたんだね」

「いたよ」

耳打ちしあうふたりに、幸子が声をかけた。

「クリスマスイブなのに、おふたりはなんの予定もないんですか？」

「まあ明日、亨に時間があったら食事でもって思ってますけど」

「うーん、悪い。仕事」亨が言いづらそうに答えた。

「まあ、仕方ない。私は一日オフだからさ、終わったら連絡してよ」

「おう」

というところで、右京のスマートフォンが振動音を鳴らした。相手は米沢だった。

――例の身元不明の男性のＤＮＡが藤井貞雄さんのものと一致しました。

「そうですか。どうもありがとう」

「どうかしました？」

電話を切った右京に亨が訊ねると、右京はそれに答える代わりにこう言った。

「カイトくん、このあと、君に付き合ってほしいところがあるのですが」

それは西田悟巳の部屋だった。右京は明かりをつけた部屋を見回してから言った。

「あの人はこの部屋で亡くなっていました。まるで眠っているように死んでいたそうです。そして、遺書代わりに僕に手紙を残しました」

「あの手紙ですね？」

訊ねる享に、右京は上着の内ポケットから出したその実物を、無言で渡した。恐る恐る受け取った享が黙読する。

〈杉下右京様　私は夢を見ました。あなたとずっと一緒にいられたら……そう思いました。でも、あなたには決まった人がいると知りました。〈花の里〉という店の女将さんとあなたが一緒にいるところを偶然見かけました。あなたが他の女性に微笑《ほほえ》む姿を見て、私はかつてないほどの胸の痛みを感じました。あなたが教えてくれた紅茶を飲んで逝《ゆ》きます。さようなら〉

「この手紙について何か疑問があるんですか？」

享が訊ねる。

「僕は当事者です。冷静な判断をするのに適任ではありません。君がこの手紙を読んでどう感じたのかを、率直に話してほしいのですが」

右京の依頼に、享は躊躇いがちに、しかし敢えて本音を口にした。

「わかりました。手紙によると、西田悟巳さんは杉下さんのことが好きだった。そして、幸子さんのことを杉下さんの恋人だと勘違いし、失恋を苦に自殺した……そういうことですよね？」

「ええ」

「言いにくいんですけど、大人の女性が自殺をする理由としては、何か幼すぎるというかこじつけのような気がします」

「つまり、君は自殺に不自然さを感じると」

「はい」

享の感想を素直に受け止めた右京が続けた。

「一年前の十二月二十五日、樹海で集団自殺した四人、そのうちの伊藤博美さんと粕谷栄子さんは、一連の飛城雄一の事件の関係者と接点がありました。そして、もうひとりの自殺者藤井貞雄さんは僕と接点のある人物だった」

「つまり、杉下さんは西田悟巳さんの死が飛城と何か関係があると？」

享が右京の真意を訊ねると、右京は首を振った。

「それはまだわかりません」

「最後に会った時、悟巳さんに何か変わったことはありませんでしたか？」

右京は棚に置かれたフォトスタンドを手にとった。

「あの人とは、この花の話をしました。数十年に一度だけ咲くという花です」

「数十年に一度？」

「ええ。あの人は十六歳の時に小田原の山荘でこの花を見たことがあると言っていました」


その頃、警視庁の捜査本部では、内村が大勢の捜査員たちを前に演説をしていた。

「飛城が予言した十二月二十五日はいよいよ明日である。現実的に判断して飛城を逮捕するにはもう時間がない。飛城が何を仕掛けてくるのか有力な情報も得られていない。今われわれがやるべきことは、橘高議員の身に危険が及ばないように全力で守りきることだ」

内村は捜査本部の壁にある映像モニターに映し出された、飛城からのメールの画像、橘高の顔写真に禍々《まがまが》しい文字が重なる画像を指さした。

九

ついに当日がやってきた。が、橘高は平然と公務をこなしていた。

「おとなしくしてりゃいいのにスケジュール詰め込みやがって」

黒塗りの車に乗り込んで外出しようとする橘高の陰で、警護に当たっている伊丹が小声で悪態を吐いた。

「これだけの警備ですから、何か仕掛けてくるタイミングはないと思いますけどね」

芹沢が伊丹に耳打ちをした。


一方、右京と享は大河内から場所を聞いた西神田の小料理屋にやってきていた。〈小料理　しの〉という看板を掲げているその店の戸口には、〈都合により長期休暇を取らせて頂きます〉という貼り紙がしてあった。そして戸口の前には発泡スチロールの保冷ボックスが置かれていた。

「二日前の配送ですね」

ボックスに貼られた伝票を見た右京は、躊躇いもなく封をしているガムテープを剝《は》いだ。

「開けちゃうんですか？」

呆《あき》れ顔の享を他所《よそ》に、右京はそのボックスに入っている食材を確かめた。そこには足の早い野菜である水菜をはじめ、豚肉や牛乳なども入っていた。

「長期休業を予定していて注文する食材とは思えませんがね」

呟《つぶや》いた右京は、平然と引き戸に手をかけた。鍵はかけられておらず、引き戸はするすると開いた。驚いたことに店内は電気がつけっぱなしになっており、カウンターには携帯電話が置かれていた。右京が手に取りプロフィール画面を開くと、この店の女将、佐伯紫乃の名前が出てきた。

「携帯を忘れたまま長期休暇してるとは思えませんね」

店の奥に入った享が小声をあげた。右京が行ってみると、トイレの扉は開きっぱなしで、その前に女物の草履《ぞうり》が片方落ちていた。ふたりは鼻を鳴らした。

「このにおいはなんでしょう?」享が訊ねる。

「化学物質のにおいですね」右京が答えた。

厳重な警護体制の中で公務を続けている橘高が、昼飯の時間を前にわがままを言い始めた。昼飯は錦糸町にある〈洋食斉藤《さいとう》〉で摂《と》りたいというのだ。そこは橘高が学生時代にアルバイトをしていた店で、先日そこのおやじさんから電話をもらったのだという。引き止める秘書たちを、スケジュールを変えるわけではない、たった二十分ほど飯を食うだけだ、と説得した橘高は、

「国会議員がテロを恐れて、好きな昼飯を食えないような国じゃしょうがないだろ」

と吐き捨てるように言った。

その洋食屋は確かに美味いようで、昼飯時ということもあってほぼ満席に近かった。橘高はカウンターの隅の狭い席に座り、ランチメニューに舌鼓《したつづみ》を打っていた。

「うん。やっぱおやじさんのエビフライは最高ですよ」

「ありがとう。あんたも立派になったねえ。私は嬉しいよ」

目を細める店主の前で、早飯食いの橘高はあっという間に皿の料理を平らげた。そして、

「よし、トイレ行って出発だ」

と気合を入れるように口に出して、奥のトイレに入って行った。

小料理屋〈しの〉はたちまち鑑識員で埋め尽くされた。

「杉下警部の読みどおりです。佐伯紫乃の携帯には橘高議員の番号が入ってました。しかし高山菊代《たかやまきくよ》という女性の名前で。ふたりの関係は適切なものではなさそうですな」

紫乃の携帯をパソコンに繋いだ米沢が言った。

「佐伯紫乃さんと橘高議員は愛人関係だったと仮定します。その状況から推理して、彼女は拉致された可能性が高い。大切な人を誘拐して脅すというやり方は、梶井素子さんに対する犯行と同じですね」

右京の言葉を享が受けた。

「飛城は橘高さんを脅すために佐伯紫乃さんを誘拐した」

「思えば、飛城のメッセージは犯行予告というよりも、今日、必ず橘高議員が罪を犯すという予言めいたものでした。それを実現するためには橘高議員を脅し、彼を操るしかないでしょう」

「捜査本部には橘高議員から目を離さぬよう、私から伝えておきます」

そう告げる米沢を残し、右京は佐伯紫乃を捜しに行こうと享に言った。

「捜すってどこへ？」

怪訝な顔をした享に、右京が答えたのは天沢大二郎邸だった。


「中園参事官が橘高から一瞬も目を離すなだと」

〈洋食斉藤〉の店の前で、伊丹が携帯を掲げた。

「さっきトイレに入ったところですけど」店の中を顎でしゃくった芹沢が、ふと腕時計を見て言った。「あれ？　入ってからだいぶ経ちますね」

そこで伊丹の勘が働いた。急いでトイレに行きドアを叩くが返事がない。力任せに鍵を壊して開けるとそこはもぬけの殻《から》で、換気用の小さな窓が開いていたのだ。警護していた捜査員は一遍に蒼《あお》ざめた。

「橘高議員はどこへ消えたんだ？」

報告を受けた甲斐峯秋は、直立不動の中園に訊いた。

「はっ。現在、二百名の捜査員が橘高議員の捜索に当たっており、防犯カメラによる追跡も急いでおります」

「しかし、あれだけの警戒の中、どうやって？」

その中園に、今度は内村が訊ねる。

「橘高議員は学生時代、〈洋食斉藤〉でバイトをしていたそうです。建物の構造を熟知していた橘高議員が、自ら脱走したとしか考えられません」

「だから、なんでそういうことをするんだ？」

峯秋は苛立《いらだ》ち交じりの声をあげた。

「特命の報告によりますと、橘高議員は愛人を誘拐されて脅迫されている可能性があると」

「愛人？」

中園の言葉を、峯秋が繰り返した。

一方、犯人に言われるままにヘッドセットをつけ、サングラスをかけた橘高は、ボイスチェンジャーの声に誘導されて、天沢大二郎邸に赴いた。かつて検事時代にはがさ入れに訪れた場所である。今は空家となったその家を再訪した橘高は、導かれるまま母屋の座敷に足を踏み入れた。そこには椅子がひとつ置かれ、その椅子に向けてビデオカメラがセットされていた。ボイスチェンジャーの声が告げる。

——座敷に黒いバッグがある。その中に必要なものは揃ってる。

橘高がバッグを開けると、重厚なマシンガンと弾丸一式が入っていた。

——その銃を持って、後ろの椅子に座ってください。

橘高は言われた通りマシンガンを手にした。

ちょうどその頃、右京と享は屋敷の門に到着していた。享は〈管理地〉という札がかかった壁を乗り越え、内側から門を開けた。右京は享に離れを探すよう命じ、自らは母屋の玄関に進んだ。

とそのとき、右京のスマートフォンが振動音を鳴らした。画面を見ると〈笛吹悦子〉と表示されている。

——悦子です。

電話に出ると、男の声がそう言った。

「聞き覚えのある声ですねえ。新井さん？」

それは右京を悟巳の告別式に呼んだ男の声だった。

——先日はどうも。改めまして、飛城雄一です。

「悦子さんは無事ですか？」

右京が訊ねると、新井、こと飛城雄一が続けた。

――あなたは僕の監視下にある。警察には連絡せず、すぐに僕の指定する場所に来てください。GPSがついているでしょうから、携帯電話は処分してきてくださいね。

右京は冷静な声で応じた。

「わかりました。場所を教えて頂けますか？　すぐに伺います」

十

離れに回った享は、窓の内側の障子の隙間から、和服姿の女性が椅子に縛りつけられたまま横転しているのを見た。女性は猿ぐつわは嵌《は》められておらず、「助けてください！　助けて！　助けて！」と悲鳴に近い声で叫んでいる。享は庭に落ちている大きな石を拾って窓ガラスを割り、部屋の中に入った。

「大丈夫ですか？　佐伯紫乃さんですね？」

紫乃は息も絶え絶えに返事をした。

「ありがとうございます！」

「大丈夫ですか？」

享によっていましめが解かれ、紫乃が正座して改めて礼を述べたと同時に、母屋の方からマシンガンが火を噴く音がした。

橋高議員がマシンガンを構え、辺り構わず乱射している映像は、座敷にセットされたビデオカメラを通して、全国ネットのニュース番組で放映された。

——銃を乱射しています。橋高議員、銃を乱射しています。

キャスターの必死な声は、連射される銃声に掻《か》き消された。半泣きの顔でマシンガンを乱射する橋高のショッキングな映像は、捜査本部にも衝撃を与えた。

「杉下さん！」

右京の名を叫びながら、享は母屋に駆けつけた。座敷に入ると、マシンガンを手にした橋高が泣きはらした目を享に向けた。

「橋高さん……」蜂の巣のように穴の開いた部屋を見回した享は一瞬絶句したが、「紫乃さんは無事です」と橋高に伝えた。

「そうか！」

と叫んだ橋高は、力尽きたように椅子にどすんと腰を下ろした。

「銃刀法違反、住居侵入の現行犯で……逮捕します」

享は現職の衆議院議員に宣告した。

飛城の指示で右京が向かった先は、小田原にある山荘だった。右京は少し離れたところで車を降り、その山荘まで歩いた。玄関に到着すると、そこにひとりの男が立っていた。

「お久しぶりです、新井さん」右京が挨拶をする。

「飛城です」と名乗った男は、「おひとりですか？」と訊ねてきた。

「もちろんです。人質を取って人を従わせるのがあなたの手法ですから。悦子さんは無事なんですか？」

問われた飛城は、

「中へどうぞ」

と右京を招じ入れた。

山荘に入ったところで、飛城がいきなり右京の胸のあたりを拳で殴った。思わずよろけた右京は、あちこちから闘志をむき出しにした男たちが十人近く現れるのを見た。

「随分賑やかですねえ」

その言葉を合図にしたように、次々に男たちが襲ってくる。右京は素早い動きで一人ひとりを倒して行った。

「人数的に不利なので、手加減する余裕がなくて申し訳ない」

強がった右京も、しかしそこまでだった。後ろから忍び寄った何者かにスタンガンを当てられ、気を失ってしまったのだった。

一方、警視庁に連行され取調室に入れられた橘高は、伊丹による尋問を受けていた。

「佐伯紫乃さんとは愛人関係なんですね？」

伊丹が訊ねると、橘高は話し始めた。

「初めは、偶然だったんだ」

それはたまたま入ったある書店でのことだった。見覚えのある女性を見かけて、橘高は立ち止まった。

「一松の仲居だと思って、私から声をかけた」

「天沢大二郎の情報を得るために近づいたんですか？」と伊丹。

「初めはそうだったが、彼女は悪い男にしつこくつきまとわれていてね。守ってやりたいと思った」

「天下の東京地検特捜部なら、いくらでも相談に乗ってやれますもんね」

脇から芹沢が皮肉たっぷりに言った。

「男とのトラブルが解決したあとも、彼女が小料理屋を出す相談に乗り、開店資金も出した。そんな中で、全く別のルートから天沢大二郎の汚職に関するリークがあった」

「それが例の汚職事件ですね」

伊丹の言葉に橘高は頷いた。

「証拠が足りなくても、天沢に自供させればいいと思った。だが、天沢は決して口を割らない。私は焦り始めた。そんなある日……」

――お役に立つといいのだけれど。

店のカウンターで紫乃は、そう言い添えて二つ折りにしたメモを橘高に手渡した。

「そこには、天沢の愛人である一松の仲居の名が書いてあった」

「それが粕谷栄子さんですか？」亨が訊ねると、橘高は首肯した。

「私はそれをネタに汚職の自供をさせようとした。だが、天沢は汚職のことも愛人のことも全て自分の腹に抱えたまま自殺した」

「飛城はその情報を知った上で佐伯紫乃さんを拉致し、あなたを脅した」

――佐伯紫乃を誘拐した。言うとおりに行動しなければ大切な彼女を切り刻みます。

飛城はボイスチェンジャーを通してのメッセージを添えて、紫乃がナイフを突きつけられ怯《おび》えている映像を、橘高のスマートフォンに送ってきたのだった。

「彼女を守るためには、やるしかなかった」

「それであそこまで……」

亨はマシンガンによって変わり果てた座敷の光景を思い浮かべた。

「愛していたんだ」橘高はポツリと呟いた。

「でも、佐伯紫乃さんがあなたに天沢大二郎の愛人の件をリークしたことは、どこで漏れたんでしょうか？」

享の言葉に首を捻った橘高は言った。

「誰も知らないはずだ。だが、一年ちょっと前、私と一緒にいるところを偶然、粕谷さんに見られたと彼女が言っていた。あなたがリークしたのかと問い詰められても、知らぬ存ぜぬで通したと言っていた」

享は愛する人を自殺に追い込まれた女の気持ちを推し量った。

「粕谷さんの立場になれば、間違いなくあなた方ふたりを恨んだでしょうね」

十一

特命係の小部屋に戻った享は、右京の椅子に座っている隣の組織犯罪対策五課の課長、角田六郎を見て、

「いない……」

と落胆の言葉を漏らした。

「どうした？」

「何座ってんですか」

パンダ付きのマイカップでコーヒーを飲んでいる角田に、享は小言を言った。

「ちょっと休憩するぐらいいいだろう？」

口を尖らせる角田に、享が訊いた。

「杉下さん見かけませんでした？」

「いや、見てないね。中園参事官が捜してたな」

「そうですか。天沢邸までは一緒にいたんですけど、急にいなくなって連絡がつかなくて」

心配そうな顔をする享に角田が言った。

「まあ何考えてるかわからない人だからね。とはいえおまえらの読みどおり、橘高は愛人を拉致されて自分から姿を消したんだってな」

頷いた享は、角田の〝拉致〟という言葉に引っ掛かりを感じた。

「角田課長」

「どうした？」

「やばいかもしれないです」

享は速やかに行動に移った。まず捜査本部に赴き、中園に事情を説明した。

「杉下と連絡が取れない？」

「はい。今までの飛城のやり方を考えれば、杉下さんの大事な人物を人質に取って脅迫している可能性があります」

「警部殿の大事な人って誰なんだよ?」

伊丹が脇から口を挟む。

「離婚された奥さんや、思い当たる交友関係は全て無事でした」

「じゃあ、たまたま連絡がつかないだけかもしれないじゃない」

「ですが……」享は言い淀んだ。「自分の恋人が連絡つかないんです」

「それも、たまたま連絡がつかないだけかも……」

と繰り返す芹沢を、享が遮った。

「そうかもしれませんが、Nシステム(自動車ナンバー自動読み取り装置)で確認出来る限りでは杉下さんの車は東名高速に乗り、小田原の方角に向かっています」

「なんで小田原なんだよ?」伊丹が訊ねる。

「数日前、杉下さんの友人だった西田悟巳さんという女性が亡くなっています。その女性にゆかりのある山荘が小田原にあるんです」

「その女性の死も飛城絡みだっていうのか?」

伊丹が身を乗り出した。

「不自然な死だったことは確かです。杉下さんの行く先に飛城の組織が待ち構えている可能性があります」

「いや、その程度の根拠では捜査員は出せない」

困惑した顔で中園が言った。

「早く動かないと手遅れになる可能性があります」

享はさらに押したが、中園の気は変わらなかった。

「身代金も取られたし橘高議員も守れなかった。これ以上、ミスは出来ない」

それが本当のところだった。

「わかりました」

これ以上押しても埒《らち》が明かないと判断した享は、あっさり引き下がった。

「カイト」

捜査本部を出ていこうとする享を、伊丹がドアのところで呼び止めた。

「なんですか？」

「特命係に飛ばされた奴は代々暴走しがちだからな。俺たちが見張らないとな」

伊丹に続いて芹沢が言った。

「ひとりで行く気なんだろう？」

享が振り向いて言った。

「ひとりで飛城のとこに突っ込むほど無謀じゃありませんよ」

そう捨てぜりふを残して享が出向いたところは、警察庁の次長室だった。

「おまえのために私が警視庁の幹部に頭を下げることになる。その意味はわかるかね?」

峯秋は息子の顔をしげしげと見た。

「お願いします」

享の意志は変わらなかった。

しばらく睨み合ったあと、峯秋はデスクの上の電話を取った。

「田丸《たまる》警視総監? 甲斐です。飛城の件でご相談があります。小田原の山荘に向けて、至急SAT並びに狙撃班の配備を要請します。ええ……県警にはわたくしからも連絡しておきますので、よろしくお願いします」

そうして受話器を置いてひとつため息を吐いた。

「早く行きなさい」

そんな父親に、享は訊ねた。

「もし自分の推理が間違っていたら?」

しばし思案した峯秋は、

「私は失脚かもな」

ポツリとそう言って、笑い飛ばした。

「ありがとうございます」

亨は心から礼を述べ、頭を下げた。

「おまえが親父さんに頭下げるとはなあ」

警察庁の廊下を亨と並んで歩きながら、芹沢が言った。心配のあまり、伊丹とともに警視庁からここまで付いてきたのだった。

「大事な人のためです。親父に頭を下げるぐらいなんともないですよ」

そのせりふを聞いて、伊丹が珍しくこう言った。

「そういう親父パワーの使い方なら許す」

「急ぎましょう」

三人は小田原の山荘を目指した。

十二

澄み渡った青色が天を覆っている。ピンと張り詰めた空気の中、冬の弱い陽が広いテラスに木々の長い影を落としている。そのテラスのほぼ中央に、椅子に縛られて意識を失っている右京がいた。

ひとつ、鋭い山鳥の声が響いた。その声に起こされたのか、右京は覚醒し、天空を仰いで深呼吸をした。ふと目の前に立っている樹木に目が留まった。それは悟巳の部屋で見た写真の、数十年に一度花を咲かせるという樹だった。そうしてさらによく見ると、その樹は小さな花を無数に咲かせているのだった。

背後でドアの開閉音がし、木の床をコツコツと歩いてくる足音が聞こえた。

「お目覚めのようですね」

飛城は右京の隣に置いてある椅子に座った。

「手荒なまねをしてすみませんでした。こうでもしないと落ち着いて話も出来ませんから」

「そうまでして、僕と話したいことがあるのですね？」

「なんだと思います？」飛城が訊ねた。

「修吾くんの誘拐事件の際に、あなた方は動機は特命係に聞けばいいと言いましたね」

「ええ。で、動機はわかりましたか？」

「僕の推理では、誘拐事件で被害者となった梶井素子さんに恨みを抱いていた伊藤博美さんのための復讐です。全てを失った伊藤博美さんと同じ絶望感を梶井素子さんにも味わわせた……ということですか？　粕谷栄子さんは天沢大二郎の愛人だった。天沢大二郎を死に追いやった橘高議員を犯罪者にし、さらし者にする。それが粕谷栄子さんのための復讐ですね」

右京の冷静な声を聞いて、飛城は薄く笑みを浮かべた。

「正解です。大した推理ですね。さすが杉下右京」

「お褒め頂き光栄ですが、僕にはまだいくつも謎《なぞ》が残っています」

「なんでしょう？」

「あなたが、自殺した伊藤博美さん、粕谷栄子さんと会ったのは樹海ですね？」

「そのとおりです」飛城が頷く。

「樹海での集団自殺者の中に、藤井貞雄さんという男性がいました。彼が恋人を失ったいきさつから考えて、僕に恨みを抱いていた可能性が高い。だとすれば、僕も復讐の対象者だったのではないですか？」

飛城は右京を睨んだ。

「藤井さんはあなたを〈死神〉と呼んでいましたよ」

「僕が見逃していれば、ふたりは引き離されずに済んだ。藤井さんは彼女の死を悲しんで自殺したんですね？」

「まさに死神ですね。あなたのためにふたりは死んだ」

飛城は椅子から立ち上がった。

「僕に悲劇のきっかけがあったことは認めます。しかしあえて言いますが、それでも僕は警察官としての職務を全うしただけです」

飛城は右京を振り返った。

「そう！　あなたに悪意はなかった。あなたを裁く法はない。だからこそ、僕が復讐する意味がある」

「あなたがなぜ復讐の代行をする必要があるのですか？」

「それはあなたでも理解出来ないでしょうね」

優越感を滲ませた飛城に、右京が言った。

「あなたと話してみて、僕が感じていた違和感の正体がわかった気がします。飛城雄一とその組織の犯行は、一貫して金銭のために行われてきました。犯罪組織とはそういうものです。今回の一連の犯行は大胆でありながら巧妙に細分化され、実行犯も警察のデータに載らない人間を使うという非常に合理的な手段が用いられてきました。とても飛城雄一的と言えます」

「それはそうでしょう」

「しかしその手段とは反対に、目的は復讐という非合理極まりないものでした。非合理極まりないといえば、僕を捜査に参加させたこともそうです。そんな必要など全くなかった」

「好敵手がいないとゲームが盛り上がらない。ちょっとした遊びです」

「遊びですか……なまじ知能に優れた犯罪者は自分の存在を知ってもらおうとする。自分がこんなに頭がいいのだということをひけらかすために。飛城雄一が他の犯罪者と比べ最も優れていた点は何か？　犯罪における天才的頭脳以上の資質、それは自己顕示欲の希薄さです。飛城雄一は自らの存在を消すことに専念した。だからこそ〈犯罪の神様〉と呼ばれたのです。遊びなどという理由で僕に推理のきっかけを与えるようなそんな愚かなまねはしません」

「愚か？」その言葉に飛城は過剰に反応した。

「完全犯罪を達成するという視点から見れば、愚行以外の何ものでもない。手足は飛城雄一のままで、頭だけがすげ替わってしまった印象を受ける。そこからある仮説が生まれます」右京は飛城を睨みつけ、そして不敵な笑みを漏らした。「あなたは飛城雄一ではない」

「では誰なのですか？」飛城はわずかに引き攣《つ》った声で訊ねた。

「それはあなたが一番よくご存じでしょう」

しばし無言で睨み合った後、飛城は右京にこう告げた。

「あなたには全てを知ってもらいます」

そうして〝本当のこと〟を語り出した。

「一年前の今日、十二月二十五日、僕は樹海へ向かいました」

「あなたも自殺を？」

「ええ。樹海へ向かう道中で、全身黒ずくめの男がなんとも優雅にタバコを吸っていました」

「黒い服の男……その男が本当の飛城雄一ですね？」

あまりにも突然の人間の出現に、彼は尻餅《しりもち》をついて怯えた。すると黒い服の男はこう言った。

——死ぬ前に一服どうです？

そしてふたり並んで苔の生えた切り株に腰を下ろしてタバコを吸った。

黒い服の男、本物の飛城は、問わず語りに自らのことを話し始めた。

——俺、こう見えて〈犯罪の神様〉って呼ばれてるんだ。

——へえ……。

——信じてないな？　今世間を騒がせている新型の犯罪は、ほとんど俺が考え出したんだぜ。それでいて前科なし。警察は絶対に俺までたどり着けない。

そこで偽の飛城雄一、すなわち新井は、本質的な質問をした。

——素朴な疑問なんですが、そんな人がどうして自殺を？

すると飛城はもっともプライベートなことを口にした。

——俺、頭に爆弾抱えてるんだ。でかい動脈瘤《りゅう》があって、近い将来確実に破裂する。裏の世界に生きてきたから死は身近なもんだ。俺が死ぬことよりも怖いのは、考えることが出来なくなることなんだよ。動脈瘤が破裂して仮に生き残ったとしても、思考が奪われてしまう。どうせ死ぬにしても、わけのわからないまま死ぬなんてのは嫌だ。俺は自分に起こることを全て把握して死にたい。そして、誰にも死んだことすら気づかれずに神様として存在し続ける。

「男は自分のことを、こと細かく僕に聞かせました。自分が根城にしているアジトの場所までも。ひと通り男の話を聞き終えると、僕らは自殺するために樹海の奥へ向かいました」

「そこで、あなたは集団自殺の人たちと出会ったのですね？　伊藤博美さん。粕谷栄子さん。藤井貞雄さん。そして、もうひとり……あの人もいたのではないですか？」

悟巳のことをほのめかした右京には答えず、新井は呟いた。

「樹海には迷える羊たちがいました」

十三

小さなテントを前にして、五人に集団自殺を提案したのは本物の飛城だった。彼はこう言った。

――こうして広い樹海で皆さんに出会えたことには意味があるかもしれません。一緒に死にませんか？

そうして夜、狭いテントで練炭を燃やした七輪を囲みながら、飛城はある文章の一節を暗唱してみせた。

――〝あなた方はどう思うか。ある人に百匹の羊があり、そのうちの一匹が迷い出たとするならば、九十九匹を山に残してその迷い出た一匹の羊を探しに出ないであろうか〟。

悟巳が訊いた。

――『聖書』ですか？

――『聖書』では、羊飼いは一匹の迷い出た羊を捜しに出るんだ。俺なりの解釈では九十九匹というのは、一般的な社会生活を送っている人間。だとすれば、迷い出た一匹の羊は社会からはぐれた奴だよ。

――私たちみたいに？

悟巳の言葉に飛城は頷いた。

――そう。俺たちは世の中という群れからはぐれ、樹海に迷い出た羊。そして、残念ながら今の世の中、捜しに来てくれる羊飼いはいない。

それを聞いて、伊藤博美が茫然《ぼうぜん》とした顔で言った。

――あの女、全てを手に入れてるのに私には何も残ってない。

粕谷栄子はこう告白した。

――私は、相手の家庭まで壊す気はなかった。むしろ守りたかった。それを橘高は正義面して簡単に壊した。

藤井貞雄は憎々しげに言い捨てた。
——あの日、杉下って刑事が見逃してくれてたら、里保が死ぬことはなかったんだ。
そうして最後に、悟巳が自殺の理由を明かした。
——私は免疫不全の難病なんです。耐えるのももう限界で。どうせひとりきりだから
……。
「そして僕らは死んだ」
そう言う新井に、右京は訊ねた。
「では、なぜあなたは生きているのですか？」
「僕は夢を見ました。迷える羊を捜し出す夢を……」
そして気が付いてみると朝になっており、新井と悟巳だけがテントからはみ出ていた。
——ぼくらは一体。
——他の人は？
テントの中の四人の遺体を見た新井と悟巳は、戦《おのの》いた。
——きっと、その夢には何か意味があるのよ。こんなふうに生き残るなんて何か意味
があるのよ。
悟巳が言った。
——意味？　僕がここで生き残ったことの意味？

新井は悟巳の言葉を嚙みしめた。

――私も一度は死のうとした人間だから、絶対に死ぬななんて言えない。だけど、あなたが生き残った意味がわかるまでは生きてみたら？　それまでは私も生きてみるから。

「生き残ったこと、そこに飛城雄一という男に出会った偶然が重なった。それが僕に意志と力を与えたんです」新井が続けた。「飛城が話したとおり部屋は存在しました。そして、唯一の連絡相手であるナンバー2の男に接触しました」

そのナンバー2の男、大杉鉄平《おおすぎてっぺい》は、おびただしい札束が収まった棚、きちんとファイルされている文書を前に、新井にこう言った。

――あなたの言ったこと、信じます。ここには飛城雄一の全てがある。金だけじゃない。このノートには飛城さんの情報や考え出した犯罪手法が書き記してある。

――彼は望みどおり神様になったんですね。

新井の言葉に、大杉は頷いた。

――ええ。あなたは俺にとって神様の使いです。

「彼は僕の考えた計画に、組織の力を使っていいと言ってくれました」

そこで右京が新井に言った。

「飛城雄一の組織の頭がすげ替わったということですね」

「僕は、飛城雄一として生まれ変わったんです」

「あなたが考え至った〝意味〟。結果から推理すれば、それはともに集団自殺した人々の復讐を代行することだった。復讐について、あの人はなんと言っていたのですか？」

――復讐こそが僕の生き残った意味だと思うんだ。

新井の、新生した飛城の言葉を聞いて、悟巳は頷いた。

――わかった。でも約束して。

――何を？

――復讐のためだとしても人を殺したりはしないでほしい。

「人を殺さないという束縛は、かえって復讐の発想を自由にしてくれました。そして僕は復讐を実行し成功した」

そこで右京は意外な質問をした。

「では、なぜあの人を殺したのですか？」

飛城は驚いて右京を見遣った。

「彼女は自殺した。理由は手紙にあったでしょう」

「僕への復讐のために、あの人を殺したのではないですか？」

その言葉に挑むように、飛城は言った。

「推理を聞かせて頂きましょうか」

「あの人の手紙には、僕に決まった相手がいると勘違いし、その失恋の痛みから自殺する旨が書かれていました。まるでこじつけのような違和感のある自殺の動機です」

「自分のせいで死んだと思いたくないだけではないですか？」

右京はそれに推理をもって答えた。

「藤井さんの恋人は、彼に別の相手が出来たと勘違いし、思い詰めて死にました。勘違いによって相手が死ぬ。あなたはその痛みを、僕に与えようとしたのではありませんか？」

「そう。彼女はそのために死んだ。自らの意志で」

飛城は右京に対する復讐の計画を聞いたときの悟巳の言葉を思い出していた。

──杉下右京？

悟巳は飛城から右京に関する資料を受け取った。

──藤井さんの復讐相手なんだ。かなり優秀な刑事らしい。組織の調査でも隙は見当たらない。

──どういう復讐をするの？

飛城はその計画を述べた。

──少しでも藤井さんと同じ痛みを杉下右京に与えたいと思ってる。シンプルだけど心に痛みが残るような方法がいい。まず女性をひとり近づかせる。杉下右京が女性を好きになる必要はない。女性のほうが好きになったことにすればいいんだから。

――それでどうするの？

――女性が自殺する。杉下右京に別の相手がいたと勘違いしてね。ちょうどいいことに、勘違い出来そうな相手がいるんだ。

それが月本幸子だった。

――だったら私が死ぬ。

悟巳の言葉に、飛城は驚いた。

――君が？

――最近、病気の症状がつらいの。最初から死ぬ気で樹海に行ったんだから、私が杉下右京に近づいて自殺すればいい。

「全てはあの人が僕に仕掛けた復讐のための嘘だったということですか」

右京の質問に、飛城は冷酷な優越感さえ込めて答えた。

「そういうことです。僕が殺したのではない。彼女はあなたを傷つけるために自ら死を選んだ。僕のためにね」

十四

そのころ……山荘のまわりは大勢の捜査員やSAT、狙撃班に取り囲まれていた。テラスにいる右京と飛城、そしてテラスへの出入り口を見張っているライフルを持った男も狙撃班の視野にあった。

「ライフルの男を狙えるか？」

狙撃班の班長が、銃を構えスコープを覗いている狙撃手に訊ねた。

「障害が多いですね」

狙撃手は答えた。

山荘を取り囲む一群の捜査員のなかに、当然、享と伊丹、芹沢もいた。

「先輩、先輩、先輩！」

芹沢がある人物を遠目に見つけて、伊丹に知らせた。芹沢が指さした先には、黒いトレンチコートに黒いサングラス、それに大きなライフルケースを提げた渋い男が、人さし指の先に唾《つば》をつけて風向きを調べ、また奥の林の方に歩いて行った。

「日野《ひの》警部補！」

伊丹が小声で叫んだ。そう、それは数々の難しい標的を見事射止め、難事件を解決に導いた、警視庁一のスナイパーと呼ばれる男だった。

飛城の携帯が着信音を鳴らした。大杉からだった。

――山荘が警察に取り囲まれているという報告がありました。

その言葉を聞いた飛城は、すべてを悟ったようだった。

「わかりました。今までありがとうございました」

折しもそのとき、捜査員のひとりが踏んだ枝が音を立て、林に潜んでいた鳥が羽音をたてて飛び去った。

「あなたには、迷い出ても捜しに来てくれる人がいるようですね」

飛城がそう言うと、右京はあっさりとした口調で応えた。

「約束を守って誰にも言わずに来たのですが、僕には相棒がいるものですから」

「甲斐享ですか」

そう言って飛城はコートのポケットから拳銃を取り出した。テラスを監視している全員に、緊張が走った。

「時間がないようですね」

飛城は自分の椅子を右京の背後に置き、右京の陰に入るように座った。

「あなたも自殺するつもりですか？」

飛城が後ろから、右京の耳元で囁いた。

「あなたには全てを知ってもらうと言ったでしょう。一連の事件の全貌を知り、真犯人を目の前にしながら逮捕出来ずに自殺させてしまう。そうすれば、あなたには刑事として間違いなく後悔が残る」

すると右京が再び意外なことを口にした。

「あなたはまだ全てを話してはいません」

「なんのことです?」

「あの人の部屋のカーペットには紅茶の染みがありました。どのような状況で紅茶はこぼれたのでしょう?」

飛城は頬を引き攣らせて答えた。

「紅茶をこぼすぐらいよくあることでしょう」

「そうですか。香りから判断すると、こぼれた紅茶はダージリンとアールグレイのブレンドでした。手紙に書いてあった、僕が最初に教えた紅茶です」

「手紙のとおりということですね」

そこで右京は飛城の言葉を覆した。

「いいえ。手紙のとおりではなかったんです。紅茶ポットに残っていた茶葉はそれとは違う茶葉でした。つまりあの人が最後に毒を溶かして飲んだ紅茶は、ダージリンとアールグレイではなかった。初めに用意したダージリンとアールグレイのブレンドをなんらかの理由でこぼしたあと、わざわざ違う紅茶を淹れ直したということになります。なぜでしょう?」

「紅茶に大してこだわりなどなかったのでしょう」

たかが紅茶のこと……という飛城の認識が分かる口調だった。

「そうでしょうか？　手紙に記してあった気持ちとあの人の本心が違っていたからではないでしょうか。死ぬ間際、あの人はなんらかの理由で僕に本心を伝えることが出来ないと考えた。そして、せめて手紙が間違いだと知らせるために僕だけがわかるメッセージを残そうとした」

右京はあの日の真実はこうではないかと続けた。

毒入りの紅茶を飲む直前に、悟巳は手紙をもう一通用意していたのだ。

——これは？

訝《いぶか》る飛城に、悟巳がこう言うのである。

——あの人への手紙。

——前に用意したのがあるじゃないか。

——そっちにして。

それは有無を言わせぬ口調だった。

そして悟巳は紅茶の中に毒の液体を垂らす。

——これを飲んだらお別れ。この香り……あの日のことを思い出すな。

〝あの日のこと〟とは、紅茶店で右京と出会った日のことだ。

——やめろ！

いたたまれなくなった飛城は、唇を近づけようとする悟巳の手からティーカップを叩き落とした……。

「妄想にもほどがありますね」

飛城は馬鹿にするような口調で右京に言った。が、右京は続けた。

「これから言うことは、本来、僕が口にするのははばかられることですが……」

「何を言うつもりですか？」

飛城の声はわずかに震えていた。

「あの人は僕を愛していました。紅茶を飲みながら一緒に過ごした時のあの人の表情、しぐさ……僕だけが感じ取れるものです」

「あなたの妄想だ！」

飛城は叫んだ。

「初めて声を荒らげましたねえ。その態度からあなたの心も読み取ることが出来る。あなたはあの人を愛していましたね」そこで言葉を切った右京は、正面に生えている樹木を見上げた。「あれが、数十年に一度咲くという花ですか。最後に会った時、あの人は十六歳の時にこの庭園で見たという花の話をし、泣きました。あなたは花の話を聞いていなかったようですねえ。あの人は僕にだけ話した。あの花の話を僕から聞いて心がざわついたのでしょう。あなたはこの山荘を調べ出し、僕を呼びつけ、自らの命を絶つ場所に選んだ。あなたの行動にはあの人への思いが溢れています」

「妄想はもういい。もう終わりだ」

飛城は自分のこめかみに銃口を突き付けた。

「あの人が最後に選んだのは僕です。あの人は望んであのような死を遂げたのではない。あなたが復讐の道具としてあの人を利用し、追い詰めた。あなたがあの人を殺したんです！」

右京が叫ぶ。すると飛城は椅子から立ち上がり、今度は銃口を右京に向けて撃鉄を起こし、涙交じりの声を振り絞った。

「違う！　彼女は僕のために死んだんだ！」

ふたりを見守る誰もが息を呑んだその瞬間、林のあらぬ方向からひとつ銃声が聞こえ、長い弾道を通ってきた弾丸が、飛城の拳銃を撃ち落とした。そうして二発目で、戸口に立っていた男が林にライフルを向けた瞬間を狙って、そのライフルも撃ち落とした。

二発の銃声を合図に、山荘を囲んでいた捜査員とＳＡＴが一斉に山荘に踏み込んだ。怒声をあげて捜査員が駆け寄るなか、右京は銃声のした方向を見た。すると葉がすっかり落ちた大木の上の方で、ひとりの狙撃手がライフルを手にこちらを見ているのがわかった。

「杉下さん！　ケガはありませんか？」

享が駆けよって右京を気遣う。

「大丈夫です」

　捜査員に確保された飛城は、

「殺せ‼」

　と天を仰いで叫んだ。

「危機一髪でしたね」

　右京を縛っていた縄を解いた享が言った。

「狙撃手が配備されることは予測出来ました。そして、僕に銃口を向けさせれば当然狙撃してくると思いました」

「なぜ自分に銃口を？」

　享が訊ねると、右京が事も無げに答えた。

「彼の自殺を止めるためです」

「えっ？　リスクが高すぎますよ」

「警視庁一のスナイパーなら、確実に急所を外して狙撃してくれると信じていました」

　右京は遙か彼方《かなた》の大木の上の方に向けて、左手を掲げた。

「えっ？　あそこから？」

　享が驚きの声をあげる。

　右京の視線の先で姿勢を正して敬礼した日野警部補こそ、運命を何度か共に切り開いた右京の同志だった。

　そのとき、享のスマートフォンが着信音を鳴らした。

「あれ、誰だろう」

　着信画面には〝番号非通知〟のメッセージが出ている。

——あっ、享？　私。

　享が電話に出てみると、聞き慣れた声がした。

「悦子？　おまえ、何度も電話したんだぞ」

——ごめん、ごめん。携帯なくしちゃってさ。何かあった？

　どこかの公衆電話からかけているらしい、あまりに能天気な声に拍子抜けした享は、こう答えた。

「いや……メリークリスマスって言おうと思って」

「ふふっ。それだけ？　メリークリスマス」

　通話を切った享に、右京が訊ねた。

「悦子さんですか？」

「はい。携帯なくしたみたいです」

「悦子さんの携帯なら、すぐに見つかると思いますよ」

「よかった」

右京の意味深な言葉に、享はとりあえず安堵《あんど》の吐息を漏らした。

十五

「戻りました！」

誰かの掛け声を合図に、捜査本部全体から大きな拍手が沸き起こった。その拍手に迎えられ、伊丹と芹沢、それに特命係のふたりが入ってきた。

「いやー、杉下！　無事で何よりだった。一時はどうなることかと思った。いや、特命のおかげで事件解決だな！」

珍しく掛け値なしの絶賛の言葉を浴びせる中園に、右京はお辞儀を返した。

「お役に立てて光栄です」そして人さし指を立てて訊ねた。「ところでひとつ、よろしいでしょうか？」

「なんだ？」

「参事官が今回の捜査に限り、僕たちを重用してくれたのには何かわけがあったのでしょうか」

「あ、それ自分も気になってました」

享が思い出したように言うと、伊丹も芹沢もそれに賛同した。

腕を組んだ中園は言おうか言うまいか一瞬思案したが、

「まあ、事件も解決したし、ぶっちゃけて言うとな……俺の女房には霊感があるんだ」

その言葉に捜査本部の皆が首を傾げた。

「はい？」亨が聞き返す。

「その女房が、俺のキャリアが終わるようなとんでもない事件に巻き込まれると予言したんだ。そして、そのピンチから逃れるためのラッキーアイテムが、紅茶とメガネ！それで杉下のことだとピーンときた！」

中園は自分の言葉に酔って大きく手を叩いた。

「あの……ご冗談でおっしゃってるんですよね？」

亨は我が耳を疑った。

「いや、真剣な話だよ！　俺はな、女房の霊感に従ってここまで出世してきたんだ。まあ、信じるか信じないかはおまえたち次第だがな。ハハハハ！　アハハハハ！」

フロア中に響き渡る中園の大きな笑い声とともに、どことなく寒い風が捜査本部に流れた。


「立場が逆になってしまいましたね」

取調室で飛城と対面した右京が穏やかに言った。

「なぜ僕を死なせてくれなかったんですか？」

飛城は恨みがましい目で右京を見た。

「あの人はあなたに〝生きて〟と言った。だから、あなたを死なせるわけにはいかなかった。ちなみにあの時、僕が話したあの人の気持ちはあなたを挑発するためのものです」

――あの人が最後に選んだのは僕です。

土壇場のところで、右京はそう言ったのだ。

「人の気持ちは、誰もうかがい知ることは出来ませんから。そういえば、お礼を言ってませんでしたね」

「礼？」飛城が怪訝な顔で聞き返す。

「あなたがあの場所を教えてくれなければ、僕はあの花を見ることが出来なかった。ありがとうございます」

「あなたを憎んでいたはずなのに、数十年に一度の花が今咲いているのを見た時、あなたに見せたいと思った」そう言って飛城はまわりを見回した。「あの……紙とペンをお借りしても？」

「ええ」

右京が差し出したメモ用紙とペンで、飛城は何かを書き留めた。そしてこう言った。

「彼女の本当の手紙が置いてある場所です」

右京の妄想は、決して妄想ではなかったのだ。

「ありがとうございます」右京はそのメモ用紙を受け取った。

「僕は人生を二度失った。僕が生き残った意味なんて何もなかった」

悔しげに言う飛城に、右京は諭すように言った。

「あなたは生きて罪を償ってください。それが、この事件に残された最後の意味だと思います」

「こぼれ落ちたものを拾い集めるか……」

飛城は、いちばん最初に右京から聞いた特命係の説明を思い出して復唱した。それを聞いて右京が人さし指を立てた。

「最後に、もうひとつだけよろしいですか？　あなたの名前を教えて頂けますか？」

「新井です。新井亮一《りょういち》、それが僕の本名です」

右京が意外そうに言った。

「本当に新井さんだったんですね」

飛城雄一こと新井亮一は、苦笑交じりに応えた。

「不思議なもんですね。彼女の葬儀場であなたと会った時、なぜか用意していた偽名を使わず新井と言ってしまった」

「あの人が見ていたので、緊張したのではありませんか？」

新井は涙を堪《こら》えて答えた。

「そうかもしれませんね」

「では」

席を立とうとする右京を、今度は新井が呼び止めた。

「あの、僕も最後にひとつ。あなたも、彼女のことを……」

右京はそれには答えずに、無言で取調室を後にした。


「またご活躍だったようですね」警視庁の廊下ですれ違いざまに、社美彌子が右京に声をかけた。「これで飛城の残した組織の全容が解明出来るでしょう」

「ええ」頷いた右京が、逆に質問を繰り出した。「ところで、橘高議員を〝愛する女性のために政治生命を捨てたヒーロー〟としてマスコミにリークしたのは、広報課長であるあなたの判断ですか？」

美彌子はしれっと答えた。

「ええ。警察族である議員に復活の目を残せ、というのが甲斐次長の指示だったものですから」

「さすが情報の扱いには長《た》けていらっしゃる」

「ありがとうございます。情報といえば、杉下警部の大事な女性が事件に関わっていたとか」

「僕のことが気になっているようですが、僕もあなたについて気になっていることがあります。それはまた別の機会に」

腹の探り合いをしたふたりは、そこで別れた。


その夜、〈花の里〉のカウンターでは、何も知らないままの悦子が、幸子の料理に舌鼓を打っていた。

「幸子さん、これすごく美味しい！　どうやって作ってるんですか？」

悦子の隣に座った幸子はレシピを説明しながら、悦子の向こうに座っている享の目つきに気づいて声をあげた。

「あら？　カイトさん。悦子さんのことずーっと見つめてる」

「えっ？　いや……」

照れ隠しをする享を、悦子がからかった。

「何？　気持ちワル。クリスマス以来変だよ？」

「そんなことないでしょ」

「変なんですよ」幸子に向かって悦子が言った。

その幸子は、いつもの席が空いているのを見て訊ねた。

「ああ……杉下さんはちょっと遅れてくるみたいです」

　享が答えた。

「杉下さんは？」

　そのころ右京は、あの紅茶の店のあの席に座り、悟巳が残した最後の手紙を読んでいた。

〈杉下右京様　最後にどうしてもお伝えしたいことがあり、筆をとりました。あなたと出会ったのは偶然ではありません。ある人の復讐のために近づいたのです。でも、それが私の人生にとって、特別な出会いになるとは思いもよりませんでした。私はあなたに恋をしました。それは初めての恋でした。私の人生は男性を愛することが出来るようなものではなかったのです。でも、あなたは優しかった。あなたと過ごした時間は、私の人生で一度だけ咲いた花のようでした。嘘でもいいからこのままでいられたら……そう思うと、最後まで本当のことを言えませんでした。素敵な思い出をくれたあなたをこれ以上裏切り続けることは出来ません。今まで申し訳ありませんでした。そして、ありがとうございました〉

　手紙を読みながら、右京の脳裏には、差し出したハンカチで涙を拭いた悟巳の姿が、そして店を出たところでガラス窓越しに右京に向かって永遠の別れを告げた悟巳の目が浮かんでいた。
そのとき、店の人が注文した紅茶ポットを運んできた。
「お待たせ致しました。ダージリンとアールグレイのブレンドです」
――人の気持ちは、誰もうかがい知ることは出来ない。
どこかから新井に向けて言った自らの言葉が響いてきた。ふと手紙から目を上げると、
窓の外には白い雪が舞っていた。

第十一話
「米沢守、最後の挨拶」

一

ある日の昼下がり、警視庁特命係の小部屋にテレビの音声が響いていた。ニュースのリポーターが現場から中継をしている。

――私は今、中野区岸川駅から線路沿いを五分ほど歩いたところにある歩道橋に来ています。安藤雅美《あんどうまさみ》さん殺害事件から二週間が経ちましたが、いまだ謎《なぞ》に包まれたままの連続殺人事件。警察の懸命な捜査に……。

「三人目の犠牲者……どう思います？　この事件」

テレビを見ていた特命係の巡査部長、甲斐享が、上司の警部、杉下右京に訊《たず》ねた。

「まったく不可解な事件ですねえ」

右京はティーカップとソーサーを持ちながら答えた。

事件のあらましはこうである。二週間前、練馬区のマンションで女性が遺体で発見された。女性は血で染まった浴槽の水のなかで死んでいた。リストカットの常習者らしく、手首には無数の傷跡があった。どう見ても自殺の色が濃厚だったが、現場から第三者のDNAが見つかったことにより、事件の線でも捜査されることとなった。その一週間後、今度は多摩川の河川敷でホームレスの男性が遺体で見つかった。同じく現場から第三者のDNAが検出。そして四日前、中野区の歩道橋下で新たな遺体が発見され、同じく現場で先の二件と一致するDNAが見つかり、同一犯による連続殺人事件と見て捜査中……。

「都内いたるところに神出鬼没。手口もバラバラ、動機は不明。犯人像がまったく浮かんでこない。手がかりは三つの現場全てに残された犯人とおぼしき男のDNAと同じ銘柄のタバコの吸い殻《がら》だけ。同一犯にしてはあまりにも一貫性がない。ですから不可解な事件と言ったわけです」

右京が事件の説明を終えた。

「一体、どんな犯人なんでしょう」

享がテレビの画面に目を遣ったところに、隣の組織犯罪対策五課の課長、角田六郎がやってきて、テレビの画面を指してこう言った。

「おい、聞いたか？ この犯人の正体、鑑識の米沢らしいぞ」

右京と享は同時に驚きの声をあげた。

その当事者、鑑識課の米沢守はそのころ、刑事部長室に呼ばれ参事官の中園照生からきつい叱責を浴びていた。

「馬鹿者!!」中園の怒声が響く。

「申し訳ありません」米沢は平身低頭して謝った。

「考えられん！　仮にも、警視庁鑑識課に籍を置く者が！」

そこで珍しく、刑事部長の内村完爾が中園の宥《なだ》め役を買って出た……ように見えた。

「もういいだろう。それぐらいにしておけ」

「いや、しかし……」

内村は米沢の前に進み出て、握手をしようと手を差し伸べた。そしてその手を握った米沢にこう言った。

「米沢。長いことご苦労であった。謹慎中に退職願をしたためておけ」

それが米沢に与えられた最後通牒だった。

「どういうことですか？　この連続殺人犯が米沢さんって」

驚きを隠せない享が、角田に訊ねた。

「鑑識でＤＮＡとるのに使う綿棒あるだろ？　その綿棒に米沢の細胞がついちまってたんだってよ」

「つまり、連続殺人犯だと思われる第三者のＤＮＡが、米沢さんのＤＮＡだった？」享が言い換える。

「そういうこった」

するとき右京が納得顔で言った。

「なるほど。道理で関連性が見えないはずです」

「こんだけ話題になってる犯人が、実は鑑識のミスによって生まれた実在しない人物だったなんて洒落じゃ済まねえだろ」

角田が眉を顰《ひそ》める。

「しかも三件ですよ。一件でもやばいのに」

亨が声を落とすと、角田はさらに声を低くして言った。

「ここだけの話、まだもう一件あるらしいぞ」

「マジっすか？」

「三件目の時点で米沢のＤＮＡだとわかったんで、表沙汰にはしてないらしいけどな。気の毒だが、間違いなくこれだろうな」

角田は手で刃の形をつくり、自分の首に当てた。

「繋《つな》がりませんね」

携帯電話を切って右京が呟《つぶや》く。

心配して米沢のマンションを訪れた右京と亨だったが、エントランスのインターフォンの呼び出しボタンをいくら押しても返事がないので、携帯に電話をしてみたのだった。

「何かあったんじゃ……まさか？」

そう言って享は右京と顔を見合わせた。

「すみません、米沢さんの同僚の者ですが……」

右京はエントランス脇の管理人室の小窓を叩いて言った。

管理人の内田《うちだ》圭一《けいいち》はまだ年若い青年だった。地味な緑色のブルゾンを着た内田は、合鍵を用意してふたりを米沢の部屋に導いた。

「米沢さん！」

享がチャイムを押してもドアを叩いて呼んでも、中からは何の反応もない。

「お願いします」

右京は管理人に依頼し、合鍵で解錠してもらった。部屋に入ったふたりは、荒れ放題のキッチンや居間を見回しながら奥に進んだ。するといちばん奥の和室のこたつの陰から、米沢と思しき人物の足が見えた。

「米沢さん！」

見つけた享が右京にも声をかけ、奥の和室に入った。米沢はスーツ姿のまま仰向けに横たわり、目を瞑《つむ》っていた。右京が鼻と口の上に掌《てのひら》をかざす。

「息はあるようです」そう告げた右京は、米沢の顔の真上から「米沢さん!!」と有らん限りの声で叫んだ。

「ん……？」

その声で目を覚ました米沢は、ふたりの手を借りて起き上がってはみたものの、しばし自分がどこにいるのかも解らなかったらしく、ふたりの顔を見て、「ここは……特命係？」と寝ぼけ眼《まなこ》で訊ねた。

「いや、米沢さんの家ですよ。呼んでも出ないから心配になって、管理人さんに鍵開けてもらったんです」享が説明する。

米沢は情けない表情でポソリと言った。

「全て悪い夢であってほしいと思っていたら、いつの間にか眠ってしまっていたようです」

「話は聞きました」

頷く右京に、米沢は失意も露《あら》わに語った。

「自分でも信じられません。これでも鑑識については、プロ意識を持ってるつもりでいましたから。もちろん、道具を粗末に扱ったことなどありません。道具を入れたケースの鍵でさえ、こうして自宅の鍵と一緒に肌身離さず……」米沢はスーツのポケットからその鍵を出してふたりに見せた。「自分にとって鑑識の仕事だけが唯一の誇りでしたから。それも今となっては昔話ですけど」

最後は涙声となって、米沢はティッシュペーパーで洟《はな》をかんだ。そのとき、インターフォンが来客を知らせた。米沢がモニターを覗くと、そこにはふたりの男が映っていた。

「うちの、長谷川《はせがわ》課長と、山崎《やまざき》係長です」

米沢は慌てふためいて解錠し、ふたりを招じ入れた。

二

「この通り、したためておきました」

正座した米沢は、子供のような字で〈退職願〉と表書きした封筒をふたりの前に出した。しっかりついた寝癖が痛々しいというか滑稽というか、しかし米沢のいまの心境をよく表している。

「一応預かるが、あまり思い詰めるなよ。なんとか残れないか、俺からももう一回頼んでみるから」

課長の長谷川健宣《たけのぶ》がぶっきらぼうな口調ながら心配そうにそう言って、退職願を上着の内ポケットにしまった。

「しかし、私を所轄から引き抜いてくださった課長や鑑識のいろはを教えて頂いた係長の顔に泥を塗ってしまい……」

ひたすら申し訳なさそうにする米沢に同情の眼差しを投げかけながら、係長の山崎総《そう》一郎《いちろう》が訊ねた。

「風邪をひいてたらしいな」

「はあ。現場ではちゃんとマスクをしていたんですけども」

「手は？　臨場《りんじょう》の前にはしっかり洗浄してたのか？」

「もちろんです！」山崎に訊かれてきっぱりと答えた米沢は、しかし次第にあやふやになっていった。「あ、いや……」

「どっちなんだ？」山崎が詰め寄る。

「正直、汚染させてしまった可能性もゼロではなく……もはや自分ではわかりません」

頭が混乱している上に、気が極端に弱くなっている米沢を、山崎は憐《あわ》れむように言った。

「情けないなあ。どんな時も現場の状況は記憶に焼きつけておけって教えただろ？」

「申し訳ございません！　当時は熱で頭もぼうっとしてまして、あの、でも、現場には、穴を開けるまいと……」

泣きじゃくり、しどろもどろになった米沢を見かねて、享が口を挟んだ。

「あのう、いつ間違いだとわかったんですか？」

すると山崎が答えた。

「三件目の鑑定結果が出た翌日、科捜研から綿棒が汚染されてるんじゃないかって私に連絡があったんです。血液の浸潤《しんじゅん》具合が不自然だったらしくて。内々で再調査してもらったら米沢のDNAだってわかったもんで課長に報告を」

「現場に同じ銘柄のタバコの吸い殻が落ちていたと聞いていますが」

と右京が話題を転ずると、今度は長谷川が苛立《いらだ》たしげに答えた。

「現場って言っても別に遺体の横に落ちてたわけじゃなくて、近くで見つかったってだけなんだ。銘柄だってみんなが吸うようなタバコだったし、ただの偶然だったんだろう」

「どのタバコにも指紋や唾液《だえき》が残っていなかったそうですね」

右京が重ねて訊ねると長谷川が、

「この季節、手袋してれば指紋は残らないし、吸い口だってフィルターつけりゃ……なあ？」

と山崎に同意を求めた。

「ええ」頷いた山崎が右京を見て続けた。「こうなってみたら犯人のものかどうかも……」

そこで長谷川が、右京と享に釘を刺した。

「何考えてるか知らんが、余計なことはしないでくれよ。今、刑事部長の感情をあおると、米沢にとってもよくないんだから」

すると山崎が立ち上がり、ふたりに訴えた。

「ただ、もし何かわかったらすぐ教えてください。出来ることは協力しますから」

そのせりふを聞いた長谷川が、「おい！」と山崎を制した。

警視庁に戻った右京と享は鑑識課に赴き、米沢の道具が入ったジュラルミンケースを開けてみた。

「使わない時は鍵をかけていたそうです」

右京が白い手袋をはめた手で、米沢から預かった鍵を使ってケースを開けた。

「これが今回、問題になったＤＮＡ採取用の綿棒ですか」

同じく白い手袋をはめた享が、右京からビニール袋にぴっちり梱包された棒状のものを手渡された。

「おや……」

ケースのなかを調べていた右京の手が止まった。ケースの隅に緑色の針状の葉が入っていたのだ。

「どこかの現場で入ったんでしょうか」

享が首を傾げた。

それからふたりは米沢と同じ班の後輩、早乙女《さおとめ》美穂《みほ》に話を聞いた。

「米沢さんがあんな初歩的なミスするなんて信じられません」

　どうやら米沢を信奉しているらしい美穂は、開口一番そう言った。

「つかぬことを伺いますが、つい最近の現場がカイヅカイブキの下だったということはありませんでしたか？」

　右京が訊ねた。それは米沢の道具ケースに入っていた葉を持つ植物の名前だった。

「カイヅカイブキですか？」美穂が首を捻《ひね》る。

「ええ」

「いや、なかったと思いますけど」

　しばし考えて美穂は答えた。

　それから右京と享は、東京都練馬区にある最初の遺体が見つかったマンションを訪れた。

「最初の遺体は、ここで見つかったんですね」

　すでに綺麗にクリーニングされている浴室の扉を開け、浴槽を指して右京が言った。

「亡くなったのはひとり暮らしの女性、安藤雅美さん。浴室で手首を切って亡くなったそうです」享が捜査資料を見ながら事件の概要を述べた。「当初は自殺との見方が強かったんですが、遺書がなく、自殺の動機もはっきりしないなど不審な点があったので、念のため鑑識が入ったそうです」それから居間に場所を移し、ダイニングテーブルの前に立った。「遺体発見時、ここにグラスと空き缶が置いてありました。空き缶の飲み口からDNA採取を試みてみると、安藤さんのものではないDNAが検出されました」

「そして、事件の可能性が強まった」と右京が続けた。

「それが米沢さんのものだったなんて……」享がふと漏らした。

「例のタバコの吸い殻は？」

右京に訊ねられた享は、ベランダに出て手すりから下を見下ろした。

「この下です。えー、あそこですね」とベランダの下にある小さな庭の、植栽《しょくさい》の根元を指した。「犯人がここから投げ捨てたのではないかと考えられたみたいです」

「確かに事件と関係があるかどうかは微妙な場所ですねえ」

庭を見下ろした右京が、タバコの吸い殻が落ちていた場所の奥の方に、何かを発見して声をあげた。

「カイトくん。あれ！」

右京の指さす先を見ると、米沢のケースに葉が入っていたカイヅカイブキが植えられていた。

庭に出てそれが確かにカイヅカイブキだと確認した右京は、享に命じて鑑識を呼んだ。

「ええ、確かに鑑識車はこの辺りに停めました」

ほどなくしてやってきた美穂は、カイヅカイブキが植わっているあたりを見回してそう証言した。

「やはりそうでしたか。ところで鑑識道具を現場に運んだ際ですが、何回かに分けて?」右京が訊ねる。

「そうですけど……それが何か?」

「問題の綿棒ですがね、ここですり替えられたのではないかと思いましてね。鑑識車からみんながいなくなった隙を狙って、綿棒をすり替えることは十分可能です」そしてポケットから綿棒を取り出して言った。「この綿棒ですが、一本一本、熱圧着《あっちゃく》によって密閉されています。ですが、一度開封して米沢さんの細胞を付着させてからもう一度、熱で圧着することも不可能ではありません」

「でも、誰がそんなことを」享が疑問を呈した。

「今のところ現場周辺にいた人物としか言えませんがね。たとえば、捜査員、鑑識員などなど」

それから右京は美穂を振り返って、この辺りのゲソ痕《こん》をとってもらうよう依頼した。

一方、米沢のマンションから戻ってきた長谷川と山崎は、刑事部長室に赴き、内村と中園に報告した。

「退職願、書かせてきました」

長谷川は内村の前に一通の封書を置き、恭《うやうや》しく頭を下げた。内村はきんつばを頰張《ほおば》りながら裏書を確かめて、高圧的な口調で言った。

「一両日中に処理しておく。すぐにでもクビを切りたいところだが、今回の件は公表の仕方をよく考えなくてはならん」

脇に立っていた中園が、内村の威を借りて思い切り恩着せがましく言った。

「本来なら課長であるおまえも責任を取らなければならない立場だぞ」

「ご高配感謝しております」

より深いお辞儀で応える長谷川を、山崎は複雑な表情で見ていた。

三

右京と享は美穂を伴い、第二の遺体発見現場である多摩川の河川敷にやってきていた。現場には捜査一課の伊丹憲一と芹沢慶二がいた。

「最初は衰弱死じゃないかって言ってたんですが、体に打撲の痕《あと》と遺体のそばに割れたビンがあったんで、念のために鑑識を入れたんです。そのビンで殴られたんじゃないかって話になって……」

伊丹に続いて、芹沢が右京に説明する。

「ただ、打撲痕についてはあとになってホームレス仲間から、空きビン回収をしている時に自分で荷台を崩してぶつけたっていう話が出てきました」

「事件じゃなかったってことでしょ。割れたビンからは何も出ませんでしたし……米沢のDNA以外は」

伊丹は最後のひと言を言いづらそうに付け加えた。

「なるほど」

「で、どうなんです？」

伊丹は本当は聞きたくてうずうずしていたことを口にした。

「今、調べています」右京は軽くそれを躱《かわ》して別のことを訊いた。「で、タバコの吸い殻が落ちていたのは？」

芹沢が河原の一箇所に右京を連れて行った。

「ここです。今となっちゃ、ただのポイ捨てだったんじゃないですかね」

芹沢は諦め気味に言った。

「どうですか？」

右京は鑑識の美穂に声をかけた。傍らに立っていた享が、ゲソ痕の採取作業に熱中している美穂の代わりに答えた。

「だいぶ踏み荒らされてしまってるので部分的なゲソ痕しかとれないんですが、なんとか……」

続いて右京と享、そして美穂は、第三の遺体の発見現場である中野区の歩道橋下にやってきていた。

「亡くなったのは西原一郎《にしはらいちろう》さん、七十八歳。遺族の話では最近認知症ぎみで、時々夜中に抜け出してはひとり歩きをするので心配していたそうです」

歩道橋は線路上に架かっており、ひっきりなしに通り過ぎる電車の轟音《ごうおん》に掻《か》き消されがちな声を張り上げて、享が事件の概要を述べた。そして走って歩道橋の階段を上り、踊り場のわずか下あたりに立った。

「発見当初は、ここから足を滑らせて頭を打ったんじゃないかって。ただ、それにしては倒れていた場所が変なんで、念のため鑑識が呼ばれたそうです」

右京も階段を上り、事件を再確認してみた。

「ここで足を滑らせ……ここで頭を打った」

「普通はここに倒れてるはずですよね」

頭を打ったと思しき最下段を指して、享が言った。

「ええ、こんなふうに」

右京は西原に成り代わって最下段に蹲《うずくま》った。そして再び立ち上がり、事件のシミュレーションを続ける。

「ところが、いったんは自力で立ち上がり、少し歩いたところで再び倒れ込み、そのまま亡くなってしまった……とも考えられますねえ」

右京は西原が実際倒れていた場所までよろよろと歩いてみた。

「ですよね」享もそれに賛同した。

「タバコの吸い殻はどこに？」

右京に訊ねられて、享は線路の脇の金網フェンスのもとを指した。

「これまでと同じく連続殺人のことがなければ、証拠として押さえたかどうか怪しいですね」

享の言う通り、その場所は誰でもタバコのポイ捨てをしてしまうようなところだった。

「どんな感じですか？」

ここでもゲソ痕の採取作業をしている美穂に、享が声をかけた。

「戻って詳しく見てみないことにはわかりませんけど、おそらく先の二件と同じゲソ痕だと思います」

「徐々に見えてきましたね」

それを聞いて享が右京と顔を見合わせた。

帰りの車の中で、享が米沢に電話をかけた。

「三つ日の現場で共通のゲソ痕が見つかりました。二件までなら偶然かもしれませんけど、三件続けてとなると……」

――おふたりにそう言われると、つい期待してしまいます。

「また連絡します」

享は電話を切った。電話の向こうの米沢の声は、心なしか弾《はず》んでいるように聞こえた。


ダメ押しの一件、第四の遺体が見つかったのは、足立区にある工場だった。何らかの原因でその工場は爆発し、中にいた一名が亡くなったのだった。右京と享、そして美穂がそこに到着すると、山崎も鑑識課の制服を着けてやってきた。

「新たな手がかりが出てきてるって連絡をもらったもので」

「ずっと心配されてましたから。係長、米沢さんの師匠《ししょう》なんですよ」

連絡をした美穂が、微笑《ほほえ》んで上司を迎えた。

「師匠？　そんな大げさなもんじゃ……。所轄から来た米沢が最初に入ったのがたまたま私の班だったってだけです」照れ臭そうに右京と享に言い訳をした山崎は、美穂を振り返った。「そんなことを言ったらおまえの師匠は米沢ってことになるぞ」

「そう思ってますよ」美穂が誇らしげに応じた。

「ここには私も臨場してました。何か力になれることがあれば」

「よろしくお願いします」

右京と亨も頭を下げた。

四人はブルーシートが張り巡らされた工場のなかに入った。火災の痕も痛々しく、壁や床、天井、そして調度品などは焦《こ》げ痕がつき、消火作業で荒らされていた。

山崎と美穂が、事故の概要を説明した。それによると亡くなったのはこの工場の経営者である藤田洋二《ふじたようじ》。出火元はボイラーだった。一見ただの火事なのに、なぜＤＮＡを採取したかといえば、床に被害者の血がついた鉄パイプが落ちていたからだった。それは事故の際に飛んできて当たったものかもしれないが、被害者の手や足にも傷があったという。調書によると、爆発音を聞いた近隣の住民が通報したとのことだった。

工場の中を見回していた右京が、ふと窓に目を留めた。ガラスは粉々に破れていたが、窓は閉まっていた。右京は山崎に訊ねた。

「臨場の際ですが、この窓は閉まっていたのでしょうか？」

「まあこの季節ですから。どうしてです？」

山崎は怪訝《けげん》そうに答えた。

「ひょっとして爆発音の原因は窓を開けたことではないかと思ったものですからね」

「というと？」美穂が右京に聞き返す。

「密閉された状態で不完全燃焼の場所に急激に酸素が入った場合に、爆発的に燃焼する現象があります」

「ああ、なんでしたっけ？　バックドラフト」亨が自問自答した。

「ええ。立ちこめた煙を排出しようとして窓を開けることで起きることが多いようですが、そうですか、窓は閉まっていましたか。となると、原因は他にあるということになりますねえ」

「だとすると、何者かが藤田さんを傷つけたあと、事故に見せかけて殺した可能性もありますよね」

亨の仮説に美穂が異を唱えた。

「でも、結局、現場からは米沢さんのＤＮＡしか出てませんし……」

それに山崎も付け加えた。

「どこかから漏れたガスに引火したのかもしれません」

工場を出たところで、亨が訊いた。

「鑑識車はここに停まってたんですよね？」

美穂が答えた。

「ええ。ただ、当時は捜査員だけじゃなく消防員や救急隊員も往来してましたし、すり替えなんて難しいと思いますけど」

「まあとにかく、調べてみようじゃないか」山崎が言った。

山崎と美穂はいいコンビだった。作業車から鑑識道具の入ったケースを取り出すと、手際よくゲソ痕の採取作業に取りかかった。

「前の三件と一致するゲソ痕はどこにも見つかりません」

しばらくして採取が終わると、集めたゲソ痕を並べて美穂が言った。そして山崎は鑑識の結果を入力したパソコンの画面を示して言った。

「三つ目までの現場で見つかったゲソ痕、本部に送って調べさせたんですが、一致する靴は全国で五万足も売れた極めて一般的なものだそうです」

それを受けて美穂が私見を述べた。

「タバコと同じく単なる偶然だったんじゃないでしょうか」

「タバコの吸い殻も見つかりませんね。僕らもまた、いるはずのない虚像の犯人を作り上げようとしてるんでしょうか」

工場のまわりをめぐりながら、享が弱音を吐いた。

そのとき、享のスマートフォンが着信音を鳴らした。米沢からだった。

――そろそろ現場検証も終わった頃ではないかと思いまして……。

享は言いづらそうにしながらも、現在の進捗《しんちょく》状況を正直に伝えた。米沢は明らかに落胆した声で言った。

——そうですか。色々とありがとうございました。おふたりには本当にお世話になりました。

「米沢さん？」

享が呼びかけたが、米沢はそのまま電話を切ってしまった。

四

電話の様子が気になった右京と享は、再び米沢のマンションを訪れた。が、エントランスでいくら呼んでも、インターフォンに出る気配はなかった。

「出ないですね」

そのとき、享の声を耳に挟んだのだろうか、管理人の内田が小窓から顔を出した。

「あのう、米沢さんだったら、さっき大きな荷物を持って出ていきましたよ。しばらく留守にするのかと思って聞いたんですけど、返事もなしに行ってしまって」

米沢は、第二の遺体発見現場である多摩川の河川敷に佇《たたず》んでいた。日没後のわずかな光を反射する川面《かわも》が妖しく光っている。そのとき、背後で人の気配がした。

「杉下警部……」

振り向くと右京と享がこちらに歩いてくる。

「こんなことではないかと思いました」右京は米沢の足元にある黒いボストンバッグを指して訊ねた。「その中は、自前の鑑識道具ですか?」

「はい」

米沢がバッグを開けて見せると、鑑識に必要な一式がほぼ揃っていた。

「現場を回って自分で確かめていたんですね」

享の言葉に、米沢は自嘲《じちょう》気味に応じた。

「結果は同じです。ゲソ痕以外に第三者の痕跡など発見出来ませんでした。綿棒のすり替えなどなかった。つまり、私のミスであったことが確定したということです」

「だけど、少なくとも三件目までは共通点が見つかったわけですから。また別の共通点が見つかりますよ」

場所を行きつけの小料理屋〈花の里〉のカウンターに移したところで、享が話の続きを持ち出した。

「もういいです。期待する分、落ち込むだけなんで」

意気消沈する米沢に、享が活を入れた。

「当の本人が諦めてどうするんですか!　係長の山崎さんだって応援に駆けつけてくれ

たんですよ」

「係長が？」

米沢の声は驚きの余り裏返った。

「ゲソ痕をとるのに協力して頂きました」

右京が付け足すと、米沢はさらに落ち込んだらしく、

「よりによって一番呼んでほしくない相手を……」

と言ってうな垂《だ》れた。

「これまでも大きな事件を何件も担当されているそうですねえ。鑑識の鑑《かがみ》と言われているとか」

右京の評価に、米沢はわがことのように誇らしげに頷いた。

「一度見た現場は写真のように記憶して忘れず、鑑識技術も完璧で、これまで一度のミスも犯したことはありません」

「ふーん。そんなすごい人だったんだ」

享が改めて感心する。

「それだけに厳しい人です。私も最初の現場でいきなり怒鳴られましたから」

「え？　米沢さんが？」享が驚く。

「現場の外にあったゲソ痕をついとり損ねたんですけども、〝規制線の中だけを現場だ

と思うな！〟と」

「それは厳しいですね」享が苦笑した。

「いや、鑑識の心構えとしては至極《しごく》正しいと思います。にもかかわらず、いつしか慢心《まんしん》し、係長の教えを忘れてあのような初歩的なミスを……」

また自己嫌悪の泥沼に落ちようとしている米沢に、女将《おかみ》の月本幸子がカウンター越しに救いの手を差し伸べた。

「まあまあそう思い詰めずに。これ召し上がってください。卵酒です。あったまりますよ」

「ありがとうございます」米沢は陶器のコップに入った卵酒に口をつけ、ひとつため息を吐いてから、悔しそうに言った。「元はといえば、あんな風邪さえひかなければ」

「どこでもらったんでしょうねえ」

幸子が同情を込めて言った。

「仕事中です。やたらと冷え込む日に鑑識車の中で着替えねばならず……」

「鑑識車の中で着替えですか？」右京が驚いて聞き返した。

「自宅から直行する時はいつもそうするんです。制服でタクシーに乗るわけにはいきませんから」

「自宅から、直行……」右京が復唱する。

「でも、もうそんな苦労もしなくていいと思うと、胸にぽっかりと穴が開いたような気分で」またブルーな気分に襲われた米沢は、手にした卵酒のコップを一気に呷《あお》り、「すみません。僕これで、失礼します」といきなり立ち上がって店を出て行ってしまった。

翌日、特命係の小部屋で右京は資料を前にして言った。

「調べてみたところ、DNAが見つかった四件の現場全て、米沢さんは自宅から現場に直行していたようです」

「新たな共通点ですね」享が頷く。

「仮に第三者が綿棒をすり替えていたとして、どうやって毎回、米沢さんのいる現場にたどり着けたのかが疑問でしたが……」

「ええ。事件はいつどこで起きるかわからないし、ましてやその現場に必ず米沢さんが行くとは限らない」

「しかし、自宅からならば、可能ですねえ」

右京のメガネの奥の瞳が光った。

ふたりはまた、傷心の米沢を訪ねた。インターフォンで呼び出すと、今回は繋がった。

「あっ、甲斐です。杉下さんも一緒に来てます」

無言のままの米沢に、右京がマイクを通して語りかける。

「会いたくないのならここで話しましょう。やはり今回、米沢さんは誰かにはめられていた可能性があります。ついては、一度部屋を調べさせて頂けませんか」

そこで初めて米沢が応答した。

――もう結構です。今回のことで鑑識としてやっていく自信をなくしてしまいました。もう放っといてもらえませんか。

「米沢さん」

享が呼びかけたが、インターフォンはそのまま切れてしまった。

そのわずか後……。

米沢がエントランスのところまで出てきて、ホールにモップをかけている管理人の内田に訊ねた。

「あのう、さっきのふたりは？」

「もう帰られましたよ。お出かけですか？」

「ちょっとコンビニまで」

内田にそう告げて、米沢はマンションを後にした。

主《あるじ》のいなくなった米沢の部屋に、男が現れた。男は奥の間に入り、コンセントに差した二股プラグを取り外した。そうしてそっと部屋を出てドアを閉めようとしたとき、三人の目が射すくめるように自分に向けられているのに戦《おのの》いた。男は、管理人の内田だった。

「いや、今ね、この部屋の火災報知器が鳴ったんで慌てて確認しに来たんですよ」

内田は努めて平静を保とうと言い訳がましいことを口にした。

「ほう。だとするとさしずめ出火の原因は、このコンセント型の盗聴器でしょうかねえ」

右京が内田の手から二股プラグを取り上げた。享が種明かしをする。

「あえてインターフォンで話したのは、あなたに聞かせるためだったんですよ」

「米沢さんとはあらかじめ打ち合わせ済みでした」と右京が述べる。

「あんた……あんただったのか！」

米沢が怒りをぶつけようとした瞬間、内田は米沢を突き飛ばして逃げ出した。が、非常階段を下りて駐輪場を抜け、鉄のフェンスを越えようとしたところで、享に取り押さえられた。

五

「すり替え？　なんのことです？」

三人に囲まれて尋問された内田は、ぬけぬけと白《しら》を切った。

「あんだけ逃げておいて何言ってんだ⁉」

興奮した米沢が凄《すご》んだ。

「だってそれは急に取り囲むから」

言い訳を重ねる内田の犯行を、右京が暴く。

「マスターキーを持っているあなたならば、留守を狙って盗聴器を仕掛けることが可能です。管理人室からも監視することが出来たでしょうねえ。あなたはこの盗聴器を使って出動のタイミングをつかみ、現場へ向かう米沢さんを尾行した。そこで鑑識ケースの存在を知り、綿棒を汚染させたものにすり替えるという今回の計画を立てた。ケースを開けるには鍵が必要ですが……」

右京が米沢に目配せすると、米沢は内田の目の前に鍵を出した。

「一度、預けたことがありましたよね」

それはエントランスのパネルにかざすとロックを自動解除するはずのＩＣセンサーが作動しなかったときだった。鍵に埋められたＩＣチップの方に不具合があるのかもしれないと、内田に鑑識ケースの鍵ごと自宅の鍵を預けたことがあったのだ。右京が続ける。

「それで合鍵を作ったというわけです。そして米沢さんのゴミからＤＮＡを入手し、汚染させた綿棒を、現場まで尾行してはそのつど隙をついてすり替えていたというわけです。タバコの吸い殻を残したのは、あたかも連続殺人犯がいると見せかけるためです。そうやって世間の注目を集めておけば、のちに鑑識のミスだとわかった時に大々的に警察をおとしめることが出来ますからね」

「なんで俺がそんなことしなくちゃならないんです？」

開き直った口調で内田が訊いてきた。それには享が答えた。

「前歴を調べました。内田圭一。罪状は満員電車の中で女性の体に触ったことによる強制わいせつ罪。鑑識の鑑定により、被害者の衣服と同じ繊維があなたの手から検出されたことが決定的証拠となった。直後、勤めていた大手理学研究所を退職しましたよね。事件を起こしたことと無関係ではないでしょう」

右京が続ける。

「あなたは警察、そして鑑識に恨《うら》みを持っていた。その恨みを晴らすために今回の計画を実行した。いかがでしょう？　まだ言い逃れ出来るとお思いですか？」

内田は自らを笑うように鼻を鳴らした。その内田の脳裏に取調室で受けたあの屈辱《くつじょく》が甦った。

――被害に遭った女性は、あなたで間違いないって言ってるんですよ。

刑事は執拗《しつよう》に迫ってきた。

――だからやってない！

いくら否定しても科学判定には勝てなかった。女性の鑑識員がデータを示す。

――繊維鑑定の結果です。あなたの手のひらに女性の衣服と同じ繊維がついていました。

――こんなもの出されても、やってないものはやってない。

その女性の鑑識員は、笑ってこう言った。

――みんなそう言うんですよ。でも、証拠は嘘をつきませんから。

「あの時の見下した目を一生忘れない。人の人生めちゃくちゃにしておいて……」

内田は目を宙に泳がせてそう呟いた。

「で、自分が管理人をしているマンションの住人に警察関係者がいると知って恨みの矛《ほこ》先《さき》を向けた」

享の言葉を聞いて、米沢は震えるほどの怒りを内田に覚えた。

「じゃあ、私はたまたま標的に」

「それにしても、よくこんなことを思いつきましたね」

享が呆《あき》れ顔で言った。

「ネットでよく警察の失態を探してたからね」内田がポソリと言った。

「なるほど、〈ハイルブロンの怪人〉をヒントにしましたか」

「ハイルブロン？」享が聞き返した。

「ヨーロッパで起きた事件ですが、鑑識が使う綿棒にもともと第三者のＤＮＡが付着していたために、四十件にも及ぶ殺人事件に虚像の連続殺人犯が生まれてしまった事件です。もっともその時のＤＮＡは綿棒を作る工場で働く女性のもので、まったく悪意のないものでしたがね」

そこでそれまで地べたにぺたんと座っていた内田が急に立ち上がり、声を荒らげた。

「研究所じゃ主任をしてたんだぞ。なんでこんなところで管理人なんかしなきゃならないんだよ！　おまえらのせいだ」

右京は内田を睨《にら》んで静かに言った。

「いいえ。他でもないあなた自身のせいですよ。いかようにもやり直せたはずの人生の時間を、恨みを晴らすことなどに使っていたあなた自身の」

そこで米沢が内田の胸倉を摑《つか》んだ。そうして震える声で言った。

「思いっきりぶん殴ってやりたいとこですが、あなたのようになりたくないのでやめておきます」

内田はまた地べたにへたり込んだ。

一連の連続殺人騒ぎは、ＤＮＡ採取用の綿棒をすり替えることによって警察をおとしめようとした悪意のある人物によるもので、三人の死亡には事件性はなく、すり替えた容疑者はすでに逮捕しており、現在、取り調べ中……中園参事官による記者会見でもそう発表され、事件は一件落着を見た、はずだった。

ところが内田は四件目の事件については関与を否定したのだ。現場には行ったが、人が多くてとてもすり替えられるような状況にはなく、諦めた……取調室でそう答えた。

「嘘をつくな。四件目の現場でも同じＤＮＡが出てんだぞ。散々振り回しやがって」

伊丹が凄んだが、内田はしゃあしゃあとこう言った。

「だとしたら、それは本当にあいつがミスしたんじゃないんですか」

内村は長谷川を刑事部長室に呼び出した。

「米沢は本日付で退職させることにした」

観葉植物の手入れをしながら、だみ声でそう言う内村に、長谷川は訴えた。

「四件目のことでしたら、まだ内田が嘘をついている可能性が」

「いや、待ってられん」内村は冷たく言い放った。「これからはマスコミが今回の顚末《てんまつ》を暴こうとしてくるだろう。そこで米沢のミスが見つかってみろ。その前にうちとは無関係な一般人にしておく必要があるんだ」

悪化の一途をたどるその状況は、特命係の小部屋にも伝わってきた。

「内田の取り調べ、難航しているみたいですね」亨が眉を曇らせた。

「ええ、四件目を否定しているとか」

右京が答えたところへ、ネクタイを締めコートを小脇に抱えた米沢が、緊張した面持ちで入ってきた。

「失礼します」

「米沢さん」

出迎えた右京と亨に、米沢はきっぱりと言った。

「杉下警部、甲斐さん。米沢守、最後の挨拶に参りました」

「どうしました？」右京が訊ねる。

「先ほど刑事部長から退職を言い渡されまして」

「えっ？　でもまだ四件目が……」

亨が言いかけると、米沢は意外なことを口にした。

「いや、実は四件目だけは自分自身、少し心当たりがあるんです。あのとき現場の工場に入ったら、窓から冷たい風が吹き込んできて、大きなくしゃみをしてしまったんです。もちろんマスクはしていましたが、あの時、汚染させてしまったかもしれません」

その言葉に右京が激しく反応した。

「今、窓から冷たい風が吹き込んできた、そうおっしゃいましたね？」

「はい。ただでさえ風邪をひいていたところ、耐えきれず……」

「なるほど。そういうことでしたか」

右京が意味深な笑みを浮かべた。

六

足立区の火災にあった工場の前に、右京と享が立っている。そこへ鑑識課のワゴン車がやってきて、制服を着た鑑識員がひとり降りてきた。

「お待ちしておりました」

右京が出迎えの言葉をかけたその鑑識員は、山崎だった。

「米沢のことなら処分が決まったと課長から聞きました。残念ながら、もう私には何も出来ることはありませんが」

怪訝な顔をする山崎に、右京が語りかけた。

「米沢さんが言っていました。山崎さんはこれまで一度もミスを犯したことがなく、一度見た現場は写真のように隅々まで覚えていらっしゃると。そんなあなたがなぜこの現場だけ記憶違いをしてしまったのでしょう」

「は？」

「先日、現場の窓が臨場の際に閉まっていたとおっしゃいましたが、実際には開いていました。カイトくん」

右京の合図で享はポケットから写真を出して山崎に示した。

「臨場の際に撮られた現場写真です」

その写真では、窓ははっきり開いていた。それを見て山崎が言った。

「私にもついうっかりはありますよ」

「うっかりですか。本当に？」

「は？」

「ひょっとすると、あなたには現場のことが頭に入らないぐらいひどく動揺する何かが起きていたのではないか？　そう思いましてね、調べてみました。そうしたら見つかったんですよ。どうぞ、こちらへ」右京は山崎を工場の前にある公園の隅に導いた。「これです！」右京が指さしたところは、青々とした雑草のなかそこだけが枯れていた。「先日、タバコの吸い殻を探しながら歩いた時には枯れていなかったのですが、ここ何日かの間に、しかもここだけ。なぜ枯れてしまったのでしょう」そうして右京は離れたところに向かって大声で「お願いします！」と言った。

「米沢！」

木陰から現れた制服姿の米沢を見て、山崎はひどく驚いたようだった。

米沢は山崎をグッと睨み、そのまま厳しい表情を崩さずに山崎の脇を抜けて一直線に右京の元にやってきた。そうしてベルトに付けたポーチからある薬品を出して、その枯れ草にスプレーし、その上にリトマス試験紙を載せた。すると試験紙は見る見る青くなった。

「非常に強い塩素反応が出ています。塩素系の洗浄剤がまかれた痕跡かと思われます。数日の間に枯れてしまったのも筋が通ります」

「事件現場で塩素系洗浄剤といえば、まず疑われるのは？」

右京が米沢に訊ねた。

「血痕を消し去ったのではないかということです」

その答えを得て、右京は満足そうに続けた。

「ええ、つまりこういうことではないでしょうか。所轄の要請を受け、いち早くこの現場に来たあなたは、草むらにあった血痕を現場に来る途中で踏んでしまったことに気づきます。鑑識の鑑と呼ばれ威信を背負ってきたあなたが、証拠物件を踏むなどという初歩的なミスを犯すわけにはいかない。その時は、まだただの事故だと思っていた。ところが……」

人知れず血痕に洗浄剤をかけて証拠を消した山崎は、屋内の現場を見て驚いた。

――どうしてＤＮＡをとってる？

採取作業をしていた美穂に、山崎は訊ねた。美穂は地面に転がる鉄パイプを指した。

――これが落ちてたんで。遺体の手と足に傷が残ってました。誰かが被害者ともめたあと、火事に見せかけたということもありえますので、念のため。

「外にも血痕があったことを知っていたあなたの中で、これが殺人事件ではないかという不安が渦巻いたのは想像に難くありません。万が一にも事件とみなされ綿密な捜査が行われれば、自分のミスが暴かれる可能性がある。場合によっては殺人事件の証拠隠滅《いんめつ》。鑑識の鑑であるあなたにとって、決してあってはならないことです。そんな折、連続殺人犯のものと思われていたDNAが米沢さんのDNAだったことが判明。この現場にも米沢さんが来ていたことを思い出したあなたは……科捜研へ送る綿棒を、米沢さんのDNAをつけた綿棒にすり替えたのです。この現場からまたしても米沢さんのDNAが見つかったとなれば、先の三件同様、早々に片づけられるはず。どうしても事故にしたかったあなたはそう考えた。つまり米沢さんにミスはなかった。そうですね？」

すべてを右京に見通され愕然としていた山崎は、素直に認めた。

「最初はただ鑑識として間違いのない仕事をしようとしていただけでした。でも、大きな事件をいくつか担当したことで勝手に鑑識の鑑なんて呼ばれ始めて、いつの間にかどんな小さなミスも許されない立場に追い込まれていたんです。正直、現場に行くたびすり減ってたんです」

「だからって、自分のミスを押しつけるなんて」

亨が真っ当な意見を述べると、山崎は信じ難いことを口にした。

「三件のミスがわかった時点で、もう米沢がクビになってしまうものだと思ってましたから」

「だから、自分のミスも一緒に持っていってもらおうとでも思ったのですか？」

右京が鋭くえぐった。

「米沢のミスではないとわかった時、恐ろしくなりました。自分を尊敬してくれている後輩に、濡れ衣を着せて退職に追い込むのかと。それでも、今さら言い出すわけにもいかなかった。自分のミスを隠すために殺人事件の証拠を闇に葬ったなんて！」

山崎は声を荒らげた。すると右京が穏やかな声で言った。

「それこそが、あなたの不安が作った虚像だったんですよ」

「えっ？」

「窓は開いており、近隣住民も爆発音を聞いている。考えられるのは煙にまかれた被害者が窓を開けたことによって起きたバックドラフト。つまりこれは事故だったんです」

「しかし、だったらあの血痕は？」

山崎はうわずった声で訊いた。

「問題はそこです。米沢さん」

「はい」

米沢は腰のポーチから写真を二枚出して山崎に見せた。そこには割れた蛍光灯が写っていた。そしてその割れ口には明らかに血が付いていたのだった。

「現場近くのゴミ捨て場で見つけました。遺体の手についていた傷口とおよそ一致しています」

右京が続けた。

「被害者はゴミを捨てる際に、あらかじめそこに捨ててあった割れた蛍光灯の切り口で、誤って手を切ってしまっていたんです。そして手当てのために作業場に戻った時に、火災に巻き込まれてしまった」

「それじゃ、もともと事件なんかじゃ……」

山崎は愕然として呟いた。

「いつものあなたならば、そんなことには気づいたのでしょうがねえ」

右京の言葉に続けて、米沢が言った。

「〝規制線の中だけを現場だと思うな〟。最初の現場であなたに教えられたことです」

山崎は米沢を見やって目を伏せた。

「そうだったな」そして腰を深く折って頭《こうべ》を垂れ、叫ぶように謝った。「すまん！　とても許してくれとは言えないが……」

そんな先達《せんだつ》に、米沢が怒声を浴びせた。

「許せるわけがないでしょう！　私に押しつけたかどうかが問題なんじゃない。あなたのやったことは、ミス以上にどんなことがあってもやってはならないことではないですか！　たったひとつの物証が善悪を決め、人の人生を変え、時に奪ってしまう。鑑識とはそういう仕事だと、あなた、あなたが私に言ったんじゃ……」米沢は泣きじゃくりながら人生の師を詰《なじ》った。それを受けた山崎の目も涙で赤く腫《は》れていた。「もうお会いすることはないと思います」そう言って米沢は深く頭を下げた。

それから幾日か後……相変わらずこの都会では事件が絶えず、特命係のふたりは米沢に呼び出され、事件の現場に駆り出された。そして現場で働く鑑識員を見ながら享が右京に言った。

「米沢さん、無事に復職出来てよかったですね」

「今回の件で、米沢さんに咎《とが》はありませんでしたからねぇ」

「係長のことはショックだったでしょうね。ずっと目標にしてきた人を失ったわけですから」

「さあ、それはどうでしょうねえ」

「はい？」

右京の言葉の真意を、享は計り兼ねた。

「失ったからこそ、初めて背負う覚悟を決めたのかもしれませんよ。鑑であろうとする重みを」

右京の視線の先には、厳しい表情で美穂に指示を出す米沢の姿があった。それを見た享が呟いた。

「米沢さんが鑑か」

「なってほしいですねえ」

右京が目を細めたのは、決して日の光が眩しかったからだけではなかった。

第十二話
「学び舎」

一

深夜の公園に沢山の若者が集まって、乱痴気《らんちき》騒ぎを起こしている。奇声を発しながらそこら中にゴミをぶちまけ、炭酸飲料を振って泡をかけ合ったり、ガラスの瓶を割ったり……ある者は棒状のものを振り回して手当たり次第に叩いて歩く、あるいは物を投げて辺り構わず破壊する。

そんな悪夢のような騒ぎのなか、公園の木立のなかでひっそりと横たわり、段ボールを被って息絶えている男がいた。

翌朝。その遺体が発見され、すぐに通報されて警視庁から捜査一課を始め沢山の捜査員がやってきた。

鑑識課の米沢守によると、遺体の死亡推定時刻は昨日の十八時から二十時ころ。頭部を鈍器で殴られたことが死因であるが、凶器も被害者の身元を特定出来る遺留品も見つかっていないということだった。

「身元不明か。この様子からするとホームレスですかね」

捜査一課の芹沢慶二が遺体をさまざまな方向から眺めて言った。確かに土で汚れた服といい、白いものが交じったボサボサの髪と無精髭《ぶしょうひげ》といい、その全体が醸し出す雰囲気は、ホームレスと見て間違いがなさそうだった。

「最近もこの辺でホームレスが襲われる事件があったな」

捜査一課の伊丹憲一の言葉に、芹沢が応じた。

「ああ、地元の不良グループの犯行と思われてる」

「すぐにその事件との関連……」

と芹沢に命じようとしたそのとき、伊丹の視野に見たくない者が飛び込んできた。

「うわっ！」伊丹がのけぞる。

「おはようございます」

礼儀正しくお辞儀をしたのは、警視庁特命係の警部、杉下右京だった。

「どうも」

そしてその傍らにいる若い刑事は、右京のたったひとりの部下、甲斐享だ。

「警部殿、何をなさってるんですか？　こんなところで」

「朝の散歩中でした」

しれっと述べる右京に、伊丹が呆《あき》れ顔で訊く。

「散歩って、ふたり揃って？」

「ええ」

享が答える。伊丹に睨《にら》まれた米沢は、そそくさと視線をずらした。連絡系統はお見通しなのだった。

「これはこれは。興味深い状況ですねえ」

右京が現場を見回して嬉しそうに言った。

「ええ。証拠がないのも困りますが、こう多くては」

米沢の言う通り、あたり一面に散っている証拠物件やゲソ痕《こん》を大勢の鑑識員が採取していた。

「足跡もさることながら、この公園には沢山の人がいたみたいですね」

享の発言に、伊丹が苛立《いらだ》たしげに反応した。

「だから、不良グループがホームレスを襲ったんじゃねえのかって！」

しかし、遺体を子細に観察していた右京が、その伊丹の説に異を唱えた。

「こちらの被害者ですが、ホームレスではないように思えます」

「え？　ホント？」

芹沢が見遣ると、右京は遺体の右手をとり、穴の空いた軍手から出ている中指を見ていた。

「ペンだこです。最近、見なくなりましたねえ」

「普通、長い文章を書く時は大体パソコンを使いますからね」と享。

「このご時世、自分は手書きがよくてもパソコンを使ってくれと言われるのが普通でしょうからねえ。ペンを使うこだわりが許されるのは著名な作家、あるいは大学の教授……」言いながらまた、右京は遺体から何かを発見したようだった。「おや？」右京が引っ張っているのは、遺体が穿いている靴下だった。そこには独特なマークが刺繍《ししゅう》してあった。

「何のマークでしょうね？」

享が訊《たず》ねると、右京が即答した。

「協和堂《きようわどう》大学の校章です」

いつもながらの博識に舌を巻いた享は、右京の顔をしげしげと見て言った。

「早速、事務局をあたってみます」

「お願いします」

享と別行動をとった右京は、伊丹と芹沢に付いて近所の聞き込みに回った。

公園の近くに住む主婦は、昨夜は何しろ大きな音と声がして、姿はよく見えなかったが、おそらくこの辺りでよくたむろしている不良たちだろう、と言った。

「まだ何か？」

次の聞き込みに回ろうとするところで、伊丹がいかにも邪魔だという視線を右京に投げた。

「僕のことはお気になさらずに」

とは言うものの無視できるわけもなく、ちょうどそのとき右京の携帯にかかってきた電話にも、つい耳をそばだててしまうのだった。

「カイトくん、どうでしたか？　そうですか。ええ、そうですねえ。では、そうしましょう。後ほど」

そこで電話を切った右京は、伊丹と芹沢を振り返って訊いた。

「お聞きになりたいですか？」

ここで聞かねばフラストレーションが溜まると思ったのか、伊丹は素直に言った。

「出来ればお願いしたいですね」

右京がリクエストに応えた。

「あの遺体ですが、協和堂大学理学部生物学科教授、池本正《いけもとただし》さんだったようです」

二

右京は享と待ち合わせて私立協和堂大学のキャンパスに赴き、まずは池本の研究室を訪れた。

「散らかっていてすみません。教授は研究一筋で、それ以外のことには全然構わなく

た。

若いが頼り甲斐がある世話女房タイプで、池本をずいぶん支えてきただろうことが窺えた。

ふたりの応対は、池本の研究室の助教、水田理恵子《みずたりえこ》が務めた。白衣を着た理恵子は、
て」

「虫だらけだ」

亨が呟《つぶや》いたのも無理はなかった。散らかっているというのはその通りで、しかも部屋の至るところに昆虫を入れた飼育容器が置かれていた。

「あっ、失礼」つい夢中で虫を観察してしまっていた右京が、理恵子を振り向いて謝った。「早速ですが、池本教授は公園で何をなさっていたのでしょう？　服が随分と土で汚れていました」

「虫の採集だと思います。何日も泊まり込むこともありましたから」

「えっ？　公園にですか？」

驚く亨に理恵子が言った。

「私も止めたんですけど、何かに熱中すると誰の言葉も耳に入らなくなる方で」

「ああ、そういう人いますよね」

亨は右京を見遣った。

「教授はどのような研究をなさっていたのですか？」右京が訊ねる。

「マツノギョウレツケムシが日本で繁殖する可能性を研究していました」

「マツノギョウ……？」

復唱しようとした享が舌を嚙《か》みそうになった。

「マツノギョウレツケムシ。これです」

「うわっ！」

理恵子がパソコンのディスプレイに呼び出した画像を見て、享が顔を顰《しか》めた。それは紐のように細長い毛虫だった。

「ヨーロッパでは歴史上何度も大発生して、松林を食い尽くし壊滅状態にしています。教授は〝こんなにかわいい見た目なのに、人類の未来を握っているかもしれない〟っておっしゃってました」

「これ、かわいいですか？」

享はわが耳を疑った。一方の右京は池本のその言葉に非常に興味をそそられたようだった。

「このマツノギョウレツケムシは、氷河期すら生き延びたと言われていますからねえ。このケムシの生態には生き残る術《すべ》が詰まっている」

「ええ！」

理恵子はわが意を得たり、と頰《ほお》を緩《ゆる》めた。

「なんでもよく知ってますね」

相変わらずの博覧強記《はくらんきようき》に、享が感心する。

「あっ、ところでこちらの本なんですが」と右京は池本のデスクに無造作に積まれてある本を手に取った。「これは教授の本ですか？　あっ。これは初版本の『羅生門』ですねえ。少し染みはありますが状態は非常にいい」本好きの右京の目は爛々《らんらん》と輝いている。

「大学の図書館のものです」

「教授は日本文学にも興味がおありだったのですか？」重ねて右京が訊ねる。

「それが借りてこさせるばっかりで、読んでいるところは見たことないんです」理恵子が呆れ顔で言った。

「と、おっしゃいますと？」

「私にもよくわからないんですけど……」

それは、〝お読みにならないのにどうして借りるんです？　ただでさえ散らかっているのに〟と理恵子が訊いたときのことだった。

――ただ本が邪魔だということだけに目を奪われるな！

そう怒鳴ってから、一転、嬉しそうに笑みを漏らし、言った。

――これは道しるべだ。

そして思い出したようにそそくさと席を立った。どちらに行くのかと理恵子が問うと、池本はこう答えた。

――図書館だ。私はそこで大発見をしたよ。

「大発見、ですか？」右京が聞き返す。

「どんな発見なんです？」

亨が訊ねたが、それは教えてはくれなかった、とのことだった。

伊丹と芹沢は、協和堂大学の理事長に話を聞くことにした。理事長の笹沼隆文《ささぬまたかふみ》はメタルフレームのメガネをかけて口と顎に白い髭を蓄《たくわ》えた、学者然としているといえばそうだが、どこかの企業の要職に就いていても違和感はない、普通の老年の男性だった。

「池本教授はホームレスと間違われて、殺されたのではないかと思われます」

伊丹がそう切り出すと笹沼は、

「そうですか」と俯《うつむ》き、「今日、教授会で会う予定になっていましたが。誤解されやすい人でしたが、まさか最後までそんな……」と言葉を失っているようだった。

「誤解されやすいというと、何かトラブルでも？」伊丹が訊ねた。

「服装に構わない方でしたので、入学案内に写真を載せる時にもう少しきちんとした格好をしてほしいと言ったら、そりゃあすごい剣幕で」

池本は烈火《れっか》のごとく怒って、こう言ったという。

――どうして学生を集めるために服を替えなきゃいけない！　教授の服装を見て大学を決めるような学生なんかこっちから願い下げだ！

「万事その調子でした。学問より経営を優先しているように見えようものならすぐに嚙みついて」

そのとき、享とともに伊丹と芹沢に付き従い、じっと部屋の隅の方で様子を窺っていた右京が、突然口を挟んだ。

「教授は資産運用などについても嚙みつかれたのでしょうか？」

「え？」

笹沼は驚いて振り返った。すると右京は作り付けの本棚を覗きながら言った。

「ここに投資の本がありますが、どれも新しい。理事長室にこのような本が置いてあることと本の新しさを考え合わせると、この大学ではつい最近資産運用を始めた」

「警部殿！」

伊丹が制した。すると笹沼はソファから立ち上がり、いい質問を受けたとばかりに右京に向かって語り出した。伊丹の面目はまる潰れである。

「二年前から投資会社に委託して、大学の資産をファンド運用しています。儲けるためだなんて思わないで頂きたい。大学を維持するためにわれわれも必死なんです」

「二〇一八年問題ですね？」

「はい」

　図星を指され、笹沼は俯いた。二〇一八年問題とは、大学関係者の間で懸念されている問題で、その年以降十八歳人口が急激に減少していくことである。これにより、ただでさえ少子化で受験者数の減少に悩んでいる私立大学の経営が、さらに圧迫される。それは国立大学とて変わらず、私立のみならず国立でさえ倒産する大学が出てくるだろうと言われていた。

「池本教授はファンド運用に関してどうお考えだったんですか？」

　と亨が訊ねた。

「それは……」

　笹沼は口ごもった。案の定、池本は激しく反対したのだという。大学が金儲けなどし始めたらおしまいだ、そんなことをしなくてはいけないぐらいなら、潰してしまえばい い、とまで言ったということだった。

　伊丹と芹沢を他所《よそ》に、そこまで訊いて満足した右京は帰りしな、最後にもうひとつだけ、と人さし指を立てて訊ねた。

「教授は大発見をしたと助教の方におっしゃっていたそうなんですが、その大発見とは何か理事長はご存じでしょうか？」

「そんな話は聞いていませんね」笹沼は首を傾《かし》げてそう答えた。

理事長室を出たところで、享が単純な感想を述べた。

「池本教授は相当な変わり者だったみたいですね」

「昔ながらの学者肌とも言えますよ。実にこだわりのある方だったようです」右京は共感を込めて言った。

「こだわりですか？」

「学問に対する愛は一貫していますし、研究室の資料も雑然としているように見えてちゃんとテーマごとに積んで置いてありました」

「はい」

「となると、気になるのはあの図書館の本です。テーマも分野もバラバラの本をなぜ借りていたのか？」

三

大学構内を歩いていた右京と享は、「やめなよ！」という女子学生の声にふと立ち止まった。そちらに目を遣ると、池のほとりに人だかりがしている。その中心にいる女子学生は池の縁に立ち、上着を脱いで群衆に向かって投げ捨てた。

「はい、はい、はい。脱ぎまーす！」

女子学生は手をあげて大声で叫んだ。周囲からは制止する声、囃《はや》し立てて唆《そそのか》す声、その他さまざまな声が飛び交っている。

「やめなよ！　舞《まい》、やめなって」

舞と呼ばれたその女子学生は主に男子学生たちの手拍子に合わせて、セーターを脱いでそれを放り投げ、シャツを脱いでそれを放り投げ、ついにキャミソール姿になった。

そこへ教員らしき男が人だかりをかき分けてやってきた。

「やめなさい！　コラッ！　やめなさい！」

同時に亨が学生たちの間をすり抜け、キャミソールさえ脱ぎ捨てようとする女子学生の手を摑《つか》んで止め、自分の上着を脱いで肩から掛けた。

「やめなさい！」

騒ぎの中、ある男子学生が携帯電話で女子学生の姿を撮影しようとしている。

三十代くらいのその男は学生たちを叱《しか》り飛ばした。

「いいか、今のことを絶対にネットに書かないように！　そんなことをしたらその事実は永遠に消せなくなる。そうやって人のことを無責任に噂《うわさ》にする自分も永遠に残ることになるんだぞ」

そして静かになった学生たちに「さあ、行きなさい。早く！　行きなさい」と解散を促した。

「あの子、確か三年だよね？」

「うん」

「やばくない？」

「やばいよ」

三々五々散っていく学生たちの間から、そんな声が漏れ聞こえてきた。

ふと右京が地面に目を落とすと、女子学生のものらしき学生証が落ちていた。名前は久我沢《くがさわ》舞。文学部の日本文学科に所属していた。

「これもあなたのものですね？」

トートバッグから散らばった教科書を拾い集めている舞に右京がその学生証を差し出すと、顔に付くほど学生証を近づけ、目を細めて頷き、それをバッグにしまった。

「どうしてあんなことをしたのでしょう？」

右京が訊ねると、ただひと言、

「目立ちたかっただけです」

と答えて舞はその場を立ち去った。

右京と享は学生たちの暴走を止めた男に話を聞いた。男は吉野《よしの》慶介《けいすけ》といい、この大学で非常勤講師を務めていた。

「さっきみたいなことはよくあるんですか？」

享が訊ねると、吉野は風貌通りの弁舌爽やかな受け答えをした。

「お恥ずかしい限りですが、今朝もある男子学生が教室で、〝俺は二股をかけていた最低野郎です〟と叫ぶといったことがありました」

「悪ふざけですか」と享が返す。

「ええ。ただ本人は軽い気持ちでも、ネットに書き込まれたら大変ですよ」

「先生のご専門は？」右京が訊ねた。

「ソーシャルコミュニケーション学を教えています。ネット社会における人間関係や情報伝達が研究対象です」

「ソーシャルコミュニケーション学……僕らの頃にはなかったですね」

享がそう述べると吉野は、

「今は非常勤講師として週にふたつ講座を持っているだけですが、大学側にも正式な学科として創設することを検討してもらってます」

と意欲満々に言った。

その夜、特命係の行きつけの小料理屋〈花の里〉には、享の恋人、笛吹悦子も来ていた。

「女の子がみんなの前で服を？」

亨が久我沢舞のことを話すと、悦子は眉を顰《ひそ》めた。そして女将《おかみ》の月本幸子は、

「最近の若い子たちのふざけ方って、私たちにはちょっと怖い時がありますけど」

と感想を漏らした。

「いや、ただすごく真面目な感じの子だったんです」

亨がそう述べると、右京も同調した。

「確かに、彼女の様子からすると自ら進んでやっていたようには思えませんでしたがねえ」

「それは、誰かに無理やりやらされたってことですか？」

幸子の言葉は翌日、違う形で確かめられることになった。

「みんなの前で二股をかけていたって叫んだんだって？」

昨日、吉野から聞いた騒動の当事者である中村《なかむら》という学生に、亨が訊ねた。

「はい」

「どうしてそんなことをしたのでしょう？」

学食のテーブルで亨と隣り合って中村と向き合った右京が訊ねた。

「前にブログにバイト先で悪ふざけした写真を載せていたんです。それを拡散するとメールで脅されました」

「つまりネット上でばらまくと？」

右京の言葉に、中村は首肯《しゅこう》した。脅した相手に心当たりはなく、ただ言われた通りに校庭で〝二股をかけていた〟と叫んだというのだった。

「一昨日の夜、公園で何かしろって言われなかった？」

試しに享がそう訊くと、意外にも中村はこう答えた。

「寮のゴミ箱と灰皿を公園でぶちまけろって」


中村の例を知った右京と享は、舞が通い詰めているという図書館で彼女を摑まえ、確かめることにした。ふたりに問い詰められると、舞はしばらく考えた末、図書館の棚の陰にふたりを導いた。そして怯《おび》えたような声で、ＳＮＳで脅してきた者がいる、と告白したのだった。

「その人は私が友達四人で撮った写真を送ってきました。その写真は上半身裸のようなもので、一緒に温泉に行った時にふざけてノリで撮ってしまって。この写真をネット上にばらまかれたくなかったら、大学でみんなの前で下着姿で踊れって」

「どうしてそんな写真が？」享が訊ねる。

「四人のうちの誰かのパソコンから流出したんだと思います」

「何かを要求されたのはそれが初めてでしたか？」

今度は右京が訊ねると、やはり一昨日のこと、公園に行ってジュースをまいて瓶を割れ、と言われたという。中村と同じだった。

「池本教授が殺された日ですねえ。あなたはよくこちらにいらっしゃるようですが、池本教授とは？」

「よくお話ししました。休学していたことや明治文学の研究者になりたいと思っていることなんかを」

右京がさらに訊ねた。

「池本教授が図書館で大発見をなさったそうですが、あなたはそれについてお聞きになっていませんか？」

舞は首を捻《ひね》った。

「いえ、知りません。でも、生物学の教授が図書館の中で大発見ってあるんでしょうか？」

「実は僕もそれが不思議でしてね」

右京もそれに同意した。

キャンパスを歩きながら、右京が言った。

「学生たちはなんのためかわからないまま、メールで脅されて行動したようですねえ。

そして、その行動が犯人のもくろみどおり捜査を混乱させることになった」

享が応える。

「学生たちを動かした人間が犯人ですね」

「パソコンから画像を盗むのも、送信元をたどれないようにメールを送るのも、ネットの専門家なら容易でしょうねえ」

「吉野先生ですか。聞き込みによると、池本教授は新しい学科の創設に反対だったみたいですし」

「吉野先生ならば合点がいきます」

享が立ち止まった。

「何がですか？」

「校庭か教室かですよ」

四

校庭か、教室か……右京のその言葉の真意も、キャンパスで明かされることになった。大講議室での吉野の講義は、ほぼ全席が埋まるほどの人気だった。マイクを使った吉野の話術は大したものだった。

「今の時代、私たちは現実の社会で生きると同時に、ネットの中でも生きています。そのことを自覚しないと大変な目に遭うことになります。たとえば、先日構内でふざけた学生がいました。噂は皆さんも知っていますね」講議室内がざわめく。「たとえばあのことがネットで拡散されたらどうなるか、今日は検証してみましょう」

途中から階段状の大講義室の後方で聴いていた右京と享は、講義が終わり学生が去って閑散とした講議室で、吉野を摑まえた。

「学生さんたち大変熱心に聞いていましたね」

右京が感想を述べると、吉野が得意げに応じた。

「ええ。身近で起こったことを話したので、学生たちもこの講義の必要性を感じてくれたようです」

それを受けて右京が本題を切り出す。

「ああ、身近で起こったことといえば、先生は昨日、学生が教室で叫んだとおっしゃいましたねえ」

吉野はこう言った。

——今朝もある男子学生が教室で、〝俺は二股をかけていた最低野郎です〟と叫ぶといったことがありました。

「ですが、実際には彼が叫んだのは教室ではなく……」

——校庭で。

そう中村ははっきりと言ったのだった。

右京の鋭い指摘に、吉野は一瞬ひるんだが、何もなかったかのように答えた。

「ああ、勘違いだったかもしれません」

右京が続ける。

「そうかもしれません。しかしもうひとつ考えられるのは、教室で叫べと指示した人物があなただったのではないかという可能性です」吉野の顔色が変わった。「その人の名誉に関わる写真をネットで拡散すると脅して、何かをやらせることが脅迫にあたることは先生なら当然ご存じですよね？」

言葉を失った吉野に、享が追い討ちをかける。

「学生を脅したのは誰か。令状を取って調べればすぐにわかるんですよ」

「学生を脅して、授業で取り上げやすいような事例を作ったことは認めます。この講義の重要性をわかってほしかったんです」

吉野は言い逃れができないと観念して、逆に訴えてきた。

「学科創設を認めさせるためにやったということですか？」

右京が聞き返すと、吉野は声を高めて弁解した。

「このままでは私はずっと非常勤講師です。非常勤講師は授業一コマごとに、ひと月三万円です。正式な学科になって常勤の講師として雇われないと生活も出来ない」

その言葉に、右京の怒りが炸裂した。

「どんな事情があろうと、学生を脅すなど到底許されることではありませんよ」

吉野はうな垂《だ》れて、情けないことを口にした。

「来年、結婚することになってて……」

「あなたが、学科の創設に反対していた池本教授を殺害したんですね?」

亨が追及すると、吉野は驚いた顔で否定した。

「まさか! 事件のあった日は彼女の家族と食事をしていました」

「学生たちに公園に行けと指示を出していませんか?」

右京が訊ねると、吉野はきょとんとした顔をした。

「学生たちを公園に? なんのことですか?」


吉野のアリバイは本当だった。本人の言う通り犯行時刻にはレストランにいたことが確認されたのだ。一応、パソコンのみ押収し、警視庁に戻ってきたふたりは、鑑識課に行き米沢にそのことを告げた。

「ということは、池本教授を殺害し、学生たちを公園に向かわせた犯人は別にいるということですな」

米沢がそう言うと、右京が頷いた。

「ええ。脅迫に使われた写真は、元々ネットにばらまかれていたりしたものですからねえ。つまり誰にでも脅迫は可能だということです」

「でも、ジュースをまいて瓶を割り、ゴミをぶちまけて走って足跡をつける……捜査を攪乱《かくらん》するには、ちょっとやりすぎじゃないですかね？」

享のその言葉に、右京のアンテナが反応した。

「今、なんと言いました？」

聞き返されて、享はきょとんとした。

「捜査を攪乱する」

「そのあとです」

「やりすぎ？」

「それ！」

右京は享の鼻先に人さし指を立てた。そして感心したように続けた。「やりすぎですか。いい着眼点です」

右京の指示で、現場の公園から押収されたゴミを調べる作業が鑑識課の部屋で行われることになった。

「ジュースの瓶や学生寮で出たものと思われるタバコの吸い殻《がら》やゴミを除いたとしても、

なかなかどうして」

米沢がその困難さを訴える。総動員された鑑識課員たちに、右京が頭を下げた。

「皆さん、よろしくお願いしますね。この中に犯人が隠したかったものが必ずあるはずです。おそらく確実に犯人に繋《つな》がる証拠が」

亨が続ける。

「犯人がこれだけのものの中に隠したかったものです」

「お任せください。私の意地にかけましても」胸を張って請け合った米沢だが、伝えておきたいことがあるらしく、ふたりを部屋の隅に呼んで小声で言った。

「よろしいですか？　ちょっとこちらへ……これは私から聞いたということは内密にして頂きたいんですけども、捜査一課は事件の日以来公園から姿をくらましていたミツオというホームレスの身柄を拘束したそうです」

「どうもありがとう」と右京が礼を述べる。

「はい。では、引き続き」

そう言って米沢は作業に戻った。

そのミツオというホームレスは、取調室で伊丹と芹沢から厳しく追及されていた。というのも池本が大学図書館から借りた本数冊を、ミツオが所持していたからだった。それらは池本を殺した際に持ち去ったのではないか……そう伊丹が詰め寄ると、ミツオは否定した。その本は池本が貸してくれたというのだ。また池本はミツオを図書館に入れてくれもした、と。

「そこまでしてくれる人を殺すはずないでしょ」

ミツオは力説したが、伊丹は聞く耳を持たない。

「なんで大学教授が、ホームレスにそんなことをしてやる必要があるんだ！」

声を荒らげる伊丹に、ミツオも負けずに言い返した。

「バカにしないでください。僕だって知識を提供して教授の役に立ってたんです」

仕方なく伊丹は最初に戻り、事件の日の行動を訊ねた。それによるとミツオはあの日、朝から夜八時過ぎまでずっと炊《た》き出しの手伝いをしていたということだった。アリバイは〈福寿草〉というボランティアグループに訊いて欲しい、とまで言うからには、あながち嘘とも思えない。その後、公園に戻ったら若い連中が騒いでいて、最近、公園の近くでホームレスが襲われる事件もあったことから、怖くなって逃げたというのだ。

隣の部屋でマジックミラー越しにその様子を見ていた右京は、ミツオに見覚えがある、と享に言った。

特命係の小部屋に戻り、享がパソコンで検索をかけると、ミツオこと中塚満男《なかつかみつお》のデータが出てきた。それも数年前まですごい金額を動かしていた人物としての紹介記事がいくつか出てきたのだ。

そのとき、隣の組織犯罪対策五課の課長、角田六郎がこっそり小部屋にやってきた。「暇か?」と右京の耳元で囁いて、驚いたふたりに悪戯《いたずら》めいた笑いを返したのだが、パソコンのディスプレイに出ていた中塚満男の顔写真を見て、「あっ! こいつ!」と声をあげた。

「ご存じですか?」

右京が聞き返すと、角田は憤慨して答えた。

「ああ。こいつ、大学在学中に株始めて大成功してな、大学辞めちまったんだよ。〝一円も生み出さない学問なんて無駄〟とか言いやがってよー」

「でもそれって、課長の機嫌を損ねることですか?」

享が素朴な疑問をぶつけると、角田は予想外の答えを返してきた。

「うちの下の子が影響を受けちまってな。〝勉強なんて無駄だから、大学なんて行かない〟なんて言い出してよ。それ説得するのにどれだけ苦労したか」

「で、大学へは行かれたんですか?」右京が聞き返す。

「ま、まあ、なんとかね」

「その中塚さんですが、今は学問に目覚めたようですよ」

右京がパソコンの画面を指すと、

「はあ？」

と角田は素っ頓狂な声を出した。

右京と享は釈放された中塚に話を聞くため、例の公園を訪れた。真昼の晴天の下というのにパーカーのフードを被り、ベンチで本を読み耽っていた中塚は、ふたりが刑事だと知ってうんざりした顔をした。

「まだ僕を疑うんですか？　アリバイは証明されたでしょ」

「犯人を突き止めるためにあなたにお話を伺いたいんです。池本教授とは随分と親しかったようですからね」

右京が訊ねると、前の刑事とは肌合いが違うことを認めたのか、ベンチの脇をあけてふたりに座るよう促した。

「池本教授と会ったのは半年ほど前でした」

中塚は池本との出会いから語り始めた。公園の雑木林のなか、這《は》いつくばって何かを探している池本を見かけ、話しかけるようになったのだという。虫の研究をしているという池本の話を聞いて、中塚は嘲《あざけ》るように言った。

——そんなのなんの役に立つんです？　一銭にもならないでしょ。

すると池本は鷹揚《おうよう》な口調でこう答えた。

――確かに金にはならないなあ。でも、気づけば確実に人生を豊かにしてくれる知識、それこそが学問だよ。子供の頃なんの損得もなく興味を持っていたことがあっただろう？　知ることが楽しくて仕方なかったことは？　絶対にあるはずだ。

どこか懐かしそうに話す中塚に、右京は訊ねた。

「あなたは教授に知識を提供したとおっしゃっていましたね。それは大学のファンド、つまり資産運用の件ではありませんか？」

右京の予想は的中していた。〝私にはさっぱりなんだが〟と池本から頼まれてファンド運用の報告書を見た中塚は、三千万円ほどの損失が出ていて、その損失が補塡《ほてん》されていることを突き止め、池本に伝えた。すると池本は複雑な表情をし、自分でも調べてみると言ったのだが、十日くらい前に、その件がどうなったかを訊いてみると、池本は怒りを込めてこう言ったというのだ。

――大学が知性を流出させてしまっている。

重ねて右京が訊ねた。

「あなたは教授と図書館に行っていました。そこで教授が大発見をしたと聞いたのですが、心当たりはありませんかね？」

すると中塚は、一度池本が図書館の貴重な資料が所蔵されている部屋に連れて行ってくれたことがあったと話した。そしてところどころ日に焼けた古い文書を指して池本はこう言った、というのだ。

——どれも著名な作家の生原稿だ。何度も何度も書き直した跡がある。名を残した作家でさえ、こんなに書き直している。われわれが一度で正解を出すほうが無理なんだ。何度でもやり直せばいい。

——よく見ていいですか？

中塚が申し出ると、

——気が済むまで見なさい。

と答え去って行った。言われるまま夢中でその生原稿を見ているうちに、すっかり夜も更けてしまっていた。様子を見に来たのか、再びやってきた池本に、こんな時間まで付き合ってもらってすまない、と詫びを入れると、心なしか放心状態にあった池本は、覚醒したようにこう言った。

——いやいや。いつもなら来ない場所に来たおかげで素晴らしい大発見をしたよ。

そして中塚の手を取り、熱烈な感じで、〝こっちが感謝したいぐらいだ〟と握手したというのだ。

「その大発見が何かお聞きになりましたか？」

右京がはやる気持ちを抑えて訊ねると、中塚は「いえ」と首を横に振った。

中塚と別れ、公園を歩きながら享が右京に言った。

「三千万の損失を何者かが補塡していた」

「理事長と考えるのが自然でしょうねえ。損失を出したら責任を問われる可能性もありますから」

「それを暴かれたから池本教授は殺害されたということですか?」

するとと右京が答えた。

「理事長が教授を殺すにはもっと強い動機が必要でしょう。たとえば、池本教授はファンド運用の失敗以上のなんらかの秘密に気づいた」

そこで亨が気づいた。

「あっ! 知性の流出」

右京は亨を指さした。

「それです。行きましょう」

五

ふたりが向かったのは協和堂大学の図書館だった。中塚の言う〝貴重な資料が所蔵されている部屋〟で所蔵資料のリストを手にした右京は、興奮気味に声を弾《はず》ませた。

「ここにあるものは全て学術的に価値があります。もし失われれば、池本教授の言っていた知性の流出に他なりません。そして、ここにあるものは金銭的にも価値があります」

右京は享にリストを渡し、実際棚にあるものとリストを照合してみた。

『教林寺縁起絵巻』……表書きした桐箱は見つかったものの、中身は空だった。

「これは市場に出れば二千万円はするものですよ」

右京の言葉に享は驚いた。

「他にもなくなっているものがあるかもしれません。探してみましょう」

次の資料を探している途中で、池本の研究室でみかけた『羅生門』の初版本が右京の目に留まった。

「あの女性が返しに来たのでしょうね」

と言ったところで、右京が重大なことに思い至ったように「あっ！」と声をあげた。

『秋華傳《しゅうかでん》』『近代日本とその精神』『大いなる山脈』『民俗學の起こり』『日本建築考』『ポストモダン』……そのとき池本のデスクにあった他の本のタイトルも空で覚えていた右京は、

「本は道しるべ……」

と池本が理恵子に言ったという言葉を呟いて身震いし、享を促してその本がある場所を探し始めた。

棚の中のその本たちの場所に目印になる緑色の紙を差し込んでいくと、それが下の段から上の段にかけて、斜めの直線を描いて繋がっていることがわかった。

「道しるべです」

右京はその線を見て言った。斜めに伸びた線の先が指すもの……棚の最上段にある古ぼけた紙製の箱を下ろし、蓋《ふた》を開けてみた。すると中は空だった。箱に貼り付けられたラベルを見ると、〈ま-4　夏目漱石《なつめそうせき》　生徒の書簡〉とある。それはどうやら漱石の自筆原稿ではなさそうだった。

「こんなものに価値があるんですかね？」

享が首を捻る一方、右京は驚いたような顔で虚空を見つめていた。

「今回の教授殺害事件と関係のあることなんでしょうね？」

図書館に呼びつけられた伊丹は、疑がわしげにそう訊いた。

「もちろんです。古美術商を片っ端からあたって、売られたものの行方を見つけてください」

右京がそう断言すると、

「片っ端って……随分、簡単におっしゃってくださいますね」

と憎まれ口を叩いた伊丹だったが、

「でも、こっちの捜査も行き詰まってますしね」

と芹沢が言うのも道理で、

「それを言うなよ」

と認めつつ、右京と享に重ねて「お願いします」と頭を下げられ、

「はいはい、わかりましたよ」と応えた。

所蔵資料のリストを持って図書館を出て行こうとした伊丹と芹沢は、

「片っ端からですよ！」

と右京に念を押され、うんざりした顔で振り向いた。


しかし、やはり捜査一課の最前線で働いているふたりの捜査能力は半端ではなく、ほどなくして伊丹と芹沢は図書館の所蔵資料を理事長から買い取ったという古美術商を見つけてきた。

「さすがです」

と感服した右京は享とともに、売られたものの中から漱石の生徒の書簡を見つけた。

「これ！」

その書簡の中から一枚のハガキを手にした右京は、文面の一部を読み上げた。

「〝月がきれいですね〟」

「え？」

亨も伊丹も芹沢も、それのどこが問題なのかチンプンカンプンだった。

「お待ちしてました。藁《わら》の山から針を探すとはまさにこのことでした」

能力を十全に発揮したのは、伊丹と芹沢だけではなかった。米沢も公園に捨てられたゴミから問題の物を探し当てていた。

呼ばれて鑑識課を訪れた右京と亨、そして捜査一課のふたりに、米沢は犯人が隠したかったものだとして、メガネのレンズの破片を示した。そこには池本の血痕とともに、犯人のものと思われる指紋がついていた。

「メガネといえば」

と伊丹が問えば、

「理事長ですよ。繋がりましたねー」

と芹沢が答え、

「あとはこっち側でやりますんで、特命係はもう結構です」

といつものごとく伊丹が釘を刺して、ふたりは鑑識課を後にした。

「ところで、吉野先生のパソコンですが」

伊丹と芹沢が去ったところで、右京が米沢に訊いた。

「ええ、色々な画像が入ってました。プリントアウトしてます。こちらへ」

ふたりは一枚一枚めくりながらそれらの写真を見た。その中には中村の写真を始め、破廉恥《はれんち》としかいいようのないものも何枚かあった。

「あ、これって……」

その中の一枚で、享の手が止まった。

「ええ。やはりそうでしたか」

右京のメガネの奥の瞳が輝いた。

メガネという線から、伊丹と芹沢は理事長の笹沼をしょっぴいてきた。

「あんたが図書館のものを売ったのは、わかってるんですよ。そのことを池本教授に追及されたんですよね？」

取調室で伊丹が迫ると、笹沼はあっさりと認めた。

「はい。ファンド運用で三千万の損失が出て、どうしても補填する必要があって……」

それを知った池本は、厳しく笹沼を詰《なじ》った。

――これはね、取り返しのつかない知性の流出だよ！

――仕方がなかったんだ。

笹沼が弁解しようとすると、池本はこういった。

――だが、よりによってなぜあの資料を！

と、そこで隣の部屋でマジックミラー越しに話を聞いていた右京と享が入ってきた。

「ああ、もう警部殿！」

いつものように伊丹は蛇蝎《だかつ》のごとく扱ったが、右京はびくともしなかった。

「ここ、大事ですので」と伊丹と芹沢を制しておいて、こう訊ねた。

「何を売るかはどうやって決めたのでしょう？」

笹沼が答えた。

「まず高価な絵巻を。あとはばれないように何年も誰も閲覧していないものを適当に選びました」

「中身を確認することなく売ったわけですね？」享が訊ねた。

「はい」

「はい、そこまで」

伊丹が制するも、右京は人さし指を立てて訊ねた。

「もうひとつだけ。〝月がきれいですね〟」

「は？　月？　なんのことですか？」

笹沼は訝《いぶか》しげに右京を見た。

「月がどうしたんですか？」

芹沢がきょとんとした顔で訊ねる。

「ご存じないようですね」

「のようですね」

右京と享は顔を見合わせて出て行った。

六

人気《ひとけ》のない夜の図書館で、舞はページに顔を埋めるようにして一心に本を読んでいた。そこに二組の足音が近づく。顔を上げると刑事がふたり立っていた。

「明治文学の研究者になるのが夢だとおっしゃっていましたが、叶いそうですか？」右京が訊ねる。

「研究者の多い分野ですし、これからの時代、ニーズがあるかというと……」舞は控え目に答えた。

「それでもやりたい研究はやる。素晴らしいことです」

右京の言葉に、舞は「ありがとうございます」と素直に頭を下げた。

「そこまでなら褒められたのですが……」右京は懐から舞を含めた四人の女子学生が旅館の一室であられもない姿で写っている写真を出した。「初めてお会いした時から気になってましてね。目が悪いようなのになぜあの時はメガネをかけていなかったのか」

確かに写真の舞は赤いセル縁のメガネをかけていた。享が鑑識課で撮った写真を出して、続ける。

「池本教授が殺された公園でメガネのレンズの破片が見つかったんだ。指紋もついている」

「これ、あなたのものですよね？　あなたはこれが見つかれば、やがて自分に繋がってしまうことがわかっていた。だから、学生たちにゴミやジュースをまかせて捜査を混乱させようとしたんですね？」

右京の指摘を舞は必死に否定した。

「私は脅されて公園に行きました。メガネはその時に落としたんです」

享が旅館の写真を指して言った。

「この写真に写ってる友達に確認したよ。あの夜、誰も君の姿は見ていないそうだ」

右京が穏やかな口調で言った。

「証拠を隠しに自分も行くつもりだった。ところがとても怖くて行けなかった。違いますか？」そして何も言えなくなってしまった舞に、決定打を放った。「あなたが池本教授を殺したのですね？」

しばし言葉を失っていた舞が椅子から立ち上がり、ポツポツと話し始めた。

「池本教授と話すようになったのは、復学して、休学していた分を必死に取り戻そうとしていた時でした」

——君も研究の虫だな。

夜遅くまでひとり図書館に残って勉強をしている舞に言葉をかけたのは、池本の方からだった。

「それから時々話をするようになって、ある日教授の様子がおかしかったので聞いてみたんです」

すると池本は茫然《ぼうぜん》とした表情で言った。

——ここにある大事な資料がひそかに売られているようなんだ。

——え？

舞が聞き返すと、池本は怒りを込めて言った。

——理事長だよ。こんなこと許すわけにはいかない。

舞が続ける。

「売られたのは主に日本文学の資料でした。でも、日本文学科の教授は誰も気づいていなかった。もしそんなことが教授会で問題になれば、ただでさえ存続の危うい日本文学科の廃止が決まってしまう」

「事件の日は教授会の前日だった」

享の言葉に舞は頷いた。

「どうしても教授を止めたくて公園に行きました」

夜の公園で地に蹲《うずくま》って虫を探している池本に、舞は強く訴えた。

——大学は理事長だけのものでも、教授たちだけのものでもありません。学生のものでもあるんです！　私たちのことも考えてください！

しかし池本は聞く耳を持たなかった。

——わからないのか？　大学は君のことなんか全く考えていない。君は大学に必要とされていないんだよ。

——そんな！

舞は絶望した。

——君の未来の希望は絶たれたんだ！　明日、教授会で話す。

そう言って再び地に蹲った池本の頭を、舞は手近にあった採集箱を振り上げて殴りつけた。その拍子に自らもバランスを失い、林の土手を転がり落ちて……メガネはそのときに落としたのだった。暗闇のなか手探りでメガネを探し当てたものの、レンズは割れて破片は枯葉に紛れてしまった。

そこまで告白して、放心したように椅子に腰掛けた舞に、右京が静かに言った。

「こんな伝説のような話があります。英語教師だった時の夏目漱石のある授業にまつわる話です。英文の中に、"I love you"という言葉があった。生徒は、〝我君を愛す〟と訳した。ところが漱石は、〝愛なんて私たち日本人は言わないだろう。そこは月がきれいですね、とでも訳しておきなさい〟と言った。文豪でなくては思いつかない素晴らしい訳だと後にこの話は伝えられています」

そこは専門分野、素人考えは受け入れられない、と舞は見下したように否定した。

「その話はあくまで伝説です。どこかに、それを証明する記述があるわけじゃないんです」

ところが右京は、内ポケットからビニール袋に入った古いハガキを一枚取り出し、思いがけない反論をした。

「これがその伝説を裏づけるものです。漱石の教え子が漱石に宛てたハガキです。〝月がきれいですね〟という言葉を好きな女性に使ってみました。すると不思議と思いが通じました。先生のおかげです、とあります」右京からそのハガキを受け取った舞は、目を近づけて矯《た》めつ眇《すが》めつそれを見た。右京が続ける。「教授の言っていた大発見です。もちろん鑑定は必要ですが。ただ、教授はこれを見つけるべきは自分ではないと考えたんです」

それから右京は、舞を紙でマーキングした書棚のところに連れてきた。

「あなたは教授に頼まれてここの本を借りていましたねえ」

──借りてこさせるばっかりで、読んでいるところは見たことないんです。

と助教の理恵子は言っていた。

「てっきり助教の彼女が借りていたのだと思っていたのですが、確かめたところ教授に指示された本を借りていたのはあなたでした」

「教授に頼まれて借りた本を覚えてる？」

享が訊ねると、舞は記憶を頼りに、棚から一冊ずつその本の位置を確かめた。そしてその上方の棚に、古い紙製の箱があることに気付いた。舞の表情の変化を見て、右京が言った。

「気がつきましたか？　ハガキはあの箱の中に入っていました。大学に寄贈されてから四十年、誰も整理をしていなかったようです。教授は偶然中を見たのでしょう。箱が虫に食われていたので。中身よりもむしろ虫に興味が湧いたのかもしれませんねえ。教授があなたに何度も本を借りに行かせたのは、あの箱に気づいてほしかったからでしょう。本は道しるべでした」

それを聞いた舞は、震える声でこう言った。

「教授は私の研究を助けようとなさっていたんですか」

右京が続ける。

「ですが、あなたが見つける前にハガキは売られてしまった。それを知った教授は、〝よりによってなぜ？〟と言ったそうです。〝よりによって、あなたの人生を変えるはずのものをどうして売ってしまったのか？〟という意味でしょう。君の未来の希望は絶たれたと言ったのは、ハガキが売られたことを嘆く言葉だったのでしょう。あなたの言っていたとおり大学は理事長のものでも誰かひとりの教授のものでもありません。ですが、学生のものでもありません。教授やあなたのように、探究心に取りつかれた人たちみなのものですよ。教授はそのことを一番よくわかっていたのではありませんかね」

「私……私……」

取り返しのつかないことをしてしまったのだと改めて気が付いた舞はそう言うなり書棚のもとに蹲り、嗚咽《おえつ》した。

立ち上がり、右京と享に付き添われて図書館を出ようとしたとき、前方に池本の姿を見たような気がして舞は立ち止まった。が、見えない目をよく凝らして見ると、それはよれよれのジャンパーのフードを被った中塚だった。池本の許しを得て借りた本を返しにきたのだった。真の学問を失ってしまった者と、これからそれを得ようとする者が、一瞬静かにすれ違った。

第十三話
「人生最良の日」

一

その日、警視庁特命係の警部、杉下右京と、同じく特命係の巡査部長、甲斐享は、危険ドラッグの取引を暴くため都内の〈モン・ビケ〉という雑貨屋を見張っていた。ビルの二階にあるその店は、ごく普通の雑貨屋に見えた。が、普通の店やインターネットで気軽に買えるのが危険ドラッグの怖いところ。最近では暴力団も本格的に参入してきてもいた。彼らの資金源を断つためにも、危険ドラッグの摘発は急務だった。

向かいのビルの一階にあるカフェの窓際に陣取った右京と享からは、雑貨屋の入り口がよく見えた。そしていま、そこにいかにも柄の悪そうな若者が入って行った。

「ちょっと見てきますね」

享は席を立って雑貨屋に向かった。

ひとりカフェに残った右京は、雑貨屋もさることながら、たったいま享とぶつかりそうになってバッグを落とし、謝る享に「いいですよ、大丈夫ですから」とバッグを大事そうに拾って店に入ってきた、四十代後半と思しき女性に目を奪われていた。きちんとしたセパレートのスーツを着ている割には、拾い上げて小脇に抱えた緑色の布のバッグが何とも地味だし、腕にはまた不似合いなよれよれのジャンパーを掛けてもいて、そのアンバランスさが気になったのだった。

その店は外国資本のセルフサービスのカフェで、商品名も、何の説明もないままフランス語をカタカナ表記にしたものを掲げていた。言葉にちょっと北関東の訛りがあるその女性はどうやら注文の仕方がわからないらしく、後ろに並ぶ若者が目に見えて苛立《いらだ》っているにもかかわらず、注文カウンターでまごまごとしていた。右京が察するに、おそらくアイスコーヒーを注文したいのだが、それを〝カフェ・ド・ジュレ〟と間違って伝えているらしい。サイズもワンサイズしかないのに、〝ミディで〟と言って店員を困らせていた。見かねた右京はそっとその女性の背後から耳打ちした。

「失礼ですが、ひょっとしてご注文はアイスコーヒーですか?」頷いた女性に、「では、カフェ・グラッセと。カフェ・ド・ジュレはコーヒーゼリーです」

女性は大きく頷いて、

「ああ！　カフェ・グラッセ、ミディをお願いします」

と正しく注文を終え、右京を振り向いて、

「昔と違ってコーヒー頼むの難しいですね」

と愛想笑いをしてみせた。

右京は「同感です」と応じながら、支払いの際に女性の大きな緑色の布の袋を覗き込み、ますます目が離せなくなってしまった。

戻ってきた享が右京の耳元で、

「杉下さん。さっきの男、マルBのようです」

と告げたとき、おそらくそれが耳に入ったのだろう、その女性がわずかに反応したことも右京は見逃さなかった。

「では、角田課長に連絡を」

と言いつつその女性を注視した。

「ああ、砂糖とミルクはこちらですよ」

右京が教えると、

「いいです、ブラックで」

と言い捨てて出て行ったのだが、急いでカップを摑《つか》んだ指の爪は黒く染まっていた。

去って行く女性を目で追っている右京に、享が訊いた。

「どうかしましたか？」

「不釣り合いだと思いませんか？　きちんとした身なりにあの袋」

「ああ。スーパーに持っていくエコバッグですね。ネギでも入ってそうな」

「ところが入っているのは札束なんです」

右京が小声でそう言うと、享も驚きを隠せなかった。

「え？」

「女性のバッグを覗くなどよい趣味とは言えませんがね」

「細かいことが気になるんですね？」

享が訊くと右京はニヤリと笑って言った。

「ええ、僕の悪い癖《くせ》」


緑色のエコバッグを持っていた女性は、公園のベンチに座り地下鉄路線図を見ていた。そして目の前で路上に火のついたままの吸い殻《がら》を捨てた者に目くじらを立てて注意し、無視されると憤慨して吸い殻を踵《かかと》で踏み消し、近くの灰皿に捨てた。そしてまた路線図に目を落としたところへ、右京と享がやってきた。

「レシートをお忘れですよ。先ほどのカフェで、これ」

右京が差し出した〈カフェ・グラッセ・ミディ　３８０円〉と書かれたレシートを、一旦礼を言って受け取ったものの、

「あら、違う。私のは財布に入れましたから」

女性は不審の目をふたりに向けた。

「おや、これは失礼」

頭を下げた瞬間、右京は緑色のエコバッグからコンサートのチケットのような紙切れがはみ出しているのを見た。

同じくその紙切れを見た享が、

「東京の地下鉄って複雑ですよね。どこかお探しですか？」

と馴れ馴れしく話しかけるに至って、女性はいよいよ警戒心を強めた。

「もしかして、ナンパですか？」

「えっ？」享がきょとんとした。

「フフ、まさかね。ああ、わかった！　キャッチセールスだ」

「あっ、いやいや。ハハハ」

享が笑って首を振ると、女性は急に怒り出した。

「何よ？　親切ごかしに。そんな手食うほど田舎者じゃないですよ。馬鹿にして！」

そして緑色のエコバッグを大切そうに抱えて早足で歩み去りながら、その女性、山田《やまだ》淑子《としこ》は小声で「あの人ら、やっぱり警察だ」と呟《つぶや》いた。


その頃、都内のラブホテルで若い女性の遺体が見つかった。女性は天蓋《てんがい》の付いた大きなベッドの上でシーツに包《くる》まって、あられもない姿で死んでいた。

「目立った外傷はありません。全身に強いうっ血と濃い死斑《しはん》。まぶたの裏の結膜に顕著な溢血点《いっけつ》が見られます」

鑑識課の米沢守が報告すると、捜査一課の伊丹憲一は、

「ってことはシャブか」

と眉を顰《ひそ》めた。

「メタンフェタミン。すなわち、覚醒剤の過剰摂取による急性心不全の疑いがあります。注射痕《こん》は見つかりませんので経口摂取、もしくは粘膜への塗布が考えられます」

米沢の報告を聞きながら、伊丹は女性のトートバッグを調べて言った。

「どうやらその線で間違いないようだ。底板の下にきれいに収まってた」

伊丹の手にはビニール袋に詰められた白い粉があった。

「プロの手口ですなあ」米沢が呆《あき》れ返る。

「こんなお嬢さんがヤクの売人か。世の中、難しくなったもんだ。身元を特定出来るものは？」伊丹が米沢に訊《たず》ねた。

「免許証や保険証の類いは所持しておらず、手がかりになるようなものはまだ見つかってません」

そこへ同じく捜査一課の芹沢慶二がホテルの従業員を伴ってやってきた。

「深夜にチェックインした時、男が一緒だったそうです」と芹沢は言った。そして伊丹の手の中の白い粉の袋を見て、「あらら、ホトケさん覚醒剤の売人ですか？　じゃあ、お楽しみ中の事故ってことか」とベッドの上の遺体に目を遣った。

「いや、わかんねえぞ。連れの男に一服盛られた可能性も……。だとしたら殺人、少なくとも遺棄致死だ」

伊丹はそう言って従業員に、一緒だった男の人相、風体などを訊いた。男はサングラスをかけて帽子を目深《まぶか》に被っていたので顔ははっきりとわからなかったが、ジーンズに革のライダーズジャケット、中に派手なTシャツを着ていたとのことだった。

二

そのライダーズジャケットの男、四宮裕二《しのみやゆうじ》は、暴力団員らしき男たちのアジトでめためたに殴られていた。といっても主に殴っているのは安田《やすだ》という手下の方で、兄貴格の朝井《あさい》という男はそれを楽しむように眺めていた。

「オラァ！　女とはどういう関係だ⁉」

安田が投げ飛ばした四宮の胸倉を摑んで訊いた。

「ひ、ひと月前に六本木のバーで知り合いました」

四宮が息も絶え絶えにそう言うと、朝井が訊ねた。

「真由美《まゆみ》からヤク買ってたんやな？」

安田もまた殴りながら訊いた。

「おらあ、ブツはどうしたブツは？」

すると四宮は大きく首を横に振った。

「そんな仕事してたことも知らない。金回りのいいＯＬさんだと……」

答える間も殴る蹴るで、そうされながらも四宮が語ったところによると、曽根《そね》真由美というその女は、ちょっと融通してもらいたい件があって飲みに誘っただけなのだが、結局ホテルに行くことになったという。

「今夜は随分激しいなって思ってたら、朝起きたらあんなことになってて、怖くなって逃げました」

そのせりふにとうとう朝井も堪忍袋の緒が切れたらしく、土下座して謝る四宮に怒声を浴びせた。

「今夜は随分激しいやと？　フッ、ええのう。すみませんで済むかい！　受け渡し時間になっても真由美が現れへんから、血眼《ちまなこ》になって探したら引っかかったのはおまえひとりや！」

そこにふたりの手下がやってきて、朝井に訴えた。

「朝井さん、駄目です。ホテルはサツでいっぱいです」

「へ？　ブツは？　ブツはどないした⁉」

「それがもう押収されたみたいで」

それを聞いて朝井はキレた。

「どないすんのや、おいっ！　末端価格で三千はくだらねえぞ！　三千円ちゃうぞ！

三千万や！　この穴埋めはおまえにしてもらうからな！」

ものすごい勢いで責められた四宮は、尻餅《しりもち》をついて、「無理無理」と必死の形相で逃れようとしたが、安田に耳打ちされて考えを変えたらしい朝井に、

「命を金に換える方法はなんぼでもあるわ」

と言われて背筋が寒くなった。そこで、

「待って、待って。金は作る。ライブやるんだ、今夜。一発逆転、起死回生の金が入ってくる。それをそっくりそのままお渡ししますから」

と懇願した。

「タコがー！　適当なことぬかしてるんじゃねえぞ！」

また殴りかかろうとする安田を、朝井が止めた。

「おい、ちょい待て。そういえばこの顔見たことあるな」

そこに一条の光を見た四宮はここぞとばかりに、

「テレビにも出てました。四宮、ミュージシャンの四宮裕二」

と必死にアピールしたが、朝井はその顔をじっと見て、

「知らんなあ」

と首を傾《かし》げた。

一方、緑色のエコバッグの女性、山田淑子を尾行していた右京と享は、まるきりミスマッチの派手なランジェリーショップに入った淑子に、まんまとまかれてしまった。店に入った淑子は、店内の鏡でふたりを観察していたらしかった。そして試着室に行くふりをして、通用口から逃げ去ったのだった。

警視庁ではヤク絡みの殺人事件の捜査会議が開かれていた。まずは米沢が多くの捜査員を前にして現場検証の結果を説明した。

「採取された指紋の中に隆起線《りゆうき》が崩れたものがありました。弦《げん》ダコによるものと思われ、ギターなどの楽器を弾き込んでいる人物が想定されます」

それを聞いて芹沢が伊丹に耳打ちした。

「逃げた男、バンドマンですかね?」

「そんなとこだろうな」

伊丹が答えたと思えば、別の一角では組織犯罪対策五課の課長、角田六郎が、部下の小松真琴《こまつまこと》、大木長十郎《おおきちようじゆうろう》に、

「音楽関係なら、花房会《はなぶさ》、昇紋《しようもん》興業あたりが臭えな」

と小声で囁いていた。

「……逃走した男の身元洗い出しを続けております。鑑識からの報告は以上です」

米沢が下がると、刑事部長の内村完爾がだみ声を張り上げた。

「このヤマは殺し、もしくは遺棄致死のみならず裏で巨額の覚醒剤取引が絡んでいる可能性が高い」

「でっかいヤマになりそうですなあ」

内村の隣で参事官の中園照生が嬉しそうに言った。

「うん。まあこれを糸口に一斉検挙を狙いたい。あっ、それから……」

言いかけたところで、中園が立ち上がった。そして内村の話を遮《さえぎ》って大声を上げた。

「部長のお言葉どおりだ。暴力団の資金源は徹底的に絶つ！　被疑者の確保を急げ！」

話の腰を折られた内村は、中園のいつもと違った振るまいに、何事があったか、と中園の顔を見上げた。

もぬけの殻状態の組織犯罪対策五課のフロアを横切って、享が特命係の小部屋に戻ってくると、右京は紅茶を淹れている最中だった。

「ホテルの女性変死事件、角田課長たちも動き始めたみたいですね」

「そうですか。暇なのはわれわれだけのようですねえ」

右京はのんびりした声でそう言った。

「そうですね」

暇なふたりの耳に、つけっ放しにしてあるテレビからニュースを読み上げるアナウンサーの声が入ってきた。

——金庫の現金が紛失していた事件で、県警本部は行方がわからなくなっている妻が、なんらかの事情を知っているとみて、捜査を進めています。

レポーターはその事件の第一発見者である近所の主婦から話を聞いていた。

——今朝に限ってスタンドが開かないでしょ？　そうしたらご主人が倒れてたんで……。

そのニュースの画面にふと目をやった右京が、享に注意を促した。

「カイトくん、あれ」

「はい？」

享も画面に目を遣る。

「カフェの女性が持っていたのと同じバッグです」

右京は主婦の持っているバッグを指した。

「そうですか？　似たようなの結構ありますよ」

享には右京が何を言いたいのかいまひとつ分からない。

「なるほど。あの指はそういうことでしたか」

「指が何か？」

「僕が感じていた違和感の原因です。指の爪が黒ずんでいました。長年ガソリンスタンドで働いていて、日常的にオイルなどを扱っていたならば、指先に色素が沈着して黒ずんでしまうのではないでしょうか」

右京の言葉に、信じられない、と享は鼻を鳴らした。

「カフェで会った女性が、今ニュースで流れたガソリンスタンドから消えた奥さんだって言うんですか？　フフッ、そんなわけないじゃないですか」

ところが右京はさらに確信を強めたらしかった。

「あり得ないことではないと思いますよ？　むしろそう考えると、合点のいくことがいくつもあるんです。スーツとパンプスという身なりには似つかわしくないあのジャンパーはスタンドでの作業着ではないでしょうか？　タバコの火を神経質に踏み消していました」

それを聞いて享が相づちを打つ。

「スタンドは火気厳禁。火の扱いには気をつけますよね？」

「それからもうひとつ。君が向かいの店から戻ってきた時……」

——さっきの男、マルBのようです。

と享が言った時の彼女の反応を右京は見逃さなかった。

「マルBが暴力団のことだと知っているようでした。スタンドは地域の防災拠点です。

警察車両の給油も多いので、警察用語に通じていてもなんの不思議もありません」

それを聞いて享も考えを変えたようだった。

「じゃあ、俺たちが警察関係者だって気づいてたんだ……バッグの中に札束が見えたって言ってましたよね？」

「見えてましたね」

「ということは、彼女は夫を殺し、金庫から金を盗って東京に逃げてきた」

「あくまでも可能性ですがね。続けましょう」

右京はこの推理ゲームを促した。

「手近にあったエコバッグに現金を詰め込み、仕事着のまま家を飛び出した。でも、そのままだと目立つから新しい服と靴を買い、着替えた。そういうことですか？」

享の言葉に右京は顔を顰《しか》めた。

「ああっ！　僕としたことが。見失ったのが悔やまれますねえ」

「行方、追ってみますか。今夜はきっと劇場かホール、ライブハウスにいるはずです。だってほら、さっきチケット持って路線図見てましたから」

「そうでした！」右京が膝を打った。「ちらりと見えただけですが、チケットには〝Ｌｉｖｅ〟の文字がありました」

「Ｌｉｖｅ？　探してみましょう」

亨はパソコンの前に座った。

「では早速……これ、米沢さんに調べてもらいましょう」

右京はポケットからビニール袋に入れたレシートを出した。右京が差し出し、一旦女性が摑んだものだった。

「持ってたんですか？」

亨は右京の異常な用意周到さに呆れ顔をした。

三

小料理屋〈花の里〉の女将《おかみ》、月本幸子が開店前の買い出しから戻ってきてみると、四十代後半の女性がしきりに店の中を窺っている。不審に思った幸子は、「何かご用ですか？」と声をかけた。

その女性、山田淑子はカウンターに座り、今日初めての〈花の里〉の客となった。

「すみません。開店前に上がり込んで」

「いいえ。何もありませんけど、どうぞ」

どことなく懐かしいなまりのある声に幸子は微笑み、ビールを注いだ。

「このお店、おひとりで？」

淑子はビールをグラスに受けながら訊ねた。

「小さな店ですから。私の前も女将さんがひとりで切り盛りなさってたんですよ。どうぞ」

　幸子に勧められて、淑子はビールのグラスに口をつけた。

「美味しい。一度やってみたかったんですよね。小料理屋のカウンターでひとり飲み」

「ああ、それ、わかります」同意した幸子は、ずっと気になっていたことを訊いた。

「でもどうしてうちに？」

　すると淑子は意外なことを口にした。

「フフフ。鯛焼き屋」

「え？」

「地元の高校のそばに同じ名前の店があって、高校の帰りに友達とふたりでよく通ったなあ。誰が好きとかあの歌がいいとか、たわいもないお喋《しゃべ》りばっかりして」

　遠い昔を思い出すように、淑子はうっとりとした。

「思い出の店なんですね。〈花の里〉は」

　幸子がそう言うと、

「ええ。でも、もう思い出の中にしかいない」

　と淑子は寂しい顔をした。

「ライブハウスって都内に三百軒以上あるんですね」

パソコンで検索しながら、享は悲鳴を上げていた。

「今夜、演奏やイベントのあるところに絞りましょう」

右京が画面を覗き込んで言った。

「ええ。う～ん、それでも相当な数ですねえ。あの年代の女性が行きそうなライブって……」

そこで右京が唸って何かを思い出そうと目をつぶった。

「あのチケット、なんでしたかねえ？　一色刷りで、こうチープな感じで、デザインは……英語〝Ｌｉｖｅ〟……Ｌｉｆｅ！」右京は何かを発見したかのように、声をあげた。

「そう、チケットには〝Ｌｉｆｅ〟とありました」

「Ｌｉｆｅ？」

右京の恐るべき記憶力に、享は舌を巻いた。

「ええ。命や人生という意味の〝Ｌｉｆｅ〟です」

「曲かアーティスト名の一部でしょうか？　まあ、でもそれでかなり絞られますよ」

享は気を取り直して検索をかけ始めた。

一方、〈花の里〉ではビールが日本酒に代わり、カウンターに並んで座った女ふたりがすっかり意気投合していた。

「女将さん、よかったら、これ」

淑子が小さな紙片を差し出した。

「えっ？」

「今夜七時からのライブなんだけど」

幸子がチケットに記された名前を読み上げる。

「〝四宮裕二　人生最良の日〟」

「知りません？　私が高校生の時に流行った曲」

「へえ」

「今夜二十年ぶりにライブがあるんです」

幸子は残念そうにチケットを返しながら言った。

「ああ、でも、すみません。私、お店があるので」

淑子はその手を押し戻した。

「お客さんで興味のある人がいたら差し上げて。どっちみち使うあてのないチケットだから」

「はあ」

「二枚買ったんです。自分のともう一枚は友達の分。いつか一緒に四宮裕二のライブに行こうねって約束してたから」

「そのお友達はご都合悪くなっちゃったんですか？」

幸子に訊かれて、淑子は遠くを見るような目で、

「馬鹿よねえ。ずーっとこの日を待ってたのに。今日が最良の日になったかもしれないのに」

そう言って猪口《ちょこ》を飲み干した。


今夜、四宮裕二のライブが行われる倉庫街のライブハウスでは、ふたりのスタッフが気怠《けだる》い様子で準備を進め、当の四宮は金の工面に躍起になっていた。そして女友だちに片っ端から電話をかけている四宮を他所《よそ》に、スタッフたちは四宮に断りを入れて食事に出掛けた。

「お客何人来ると思う？」

ライブハウスを出たところで、スタッフのひとりが訊いた。すると片割れがこう答えた。

「四、五人じゃね？　四宮裕二なんて今、誰も知らないっしょ」

その当の四宮裕二はライブそっちのけで頭を悩ましていた。

「ああ、金なんとかしないとなあ。最良どころか、最後だ」

　そこへ、四十代後半と思しき女性がひょっこりと顔を出した。

「あのう、いいですか？」

　淑子だった。

「飯？　行っていいよ」

　四宮はてっきりスタッフかと思って、顔も見ずに面倒くさそうに応じた。

「ああ！　四宮裕二。本物だ」

「あ？」

　感激する淑子を振り返った四宮は、値踏みするような眼差しを投げてから「ごめん。開場まであと一時間以上あるから、あとで来てくれる？」と煩《うるさ》そうに言い、携帯の住所録に夢中になっている。

「あの、ずーっとファンでした」

　語りかけてくる淑子を振り返りもせず、四宮は、

「サンキュー。悪いんだけどさ、今準備中だから」

　と追い払おうとした。

「あっ、すみません！　気が急《せ》いて早く着いちゃって」

　それでも自分の熱烈なファンに多少のサービス精神が働いたのか、四宮は淑子に声をかけた。

「じゃあさ、せっかくだから、特別にサインするよ。それ持っていったん外に出て待ってて」

「サイン⁉　どうしよう、何に書いてもらおう……」

予想外のことに、淑子は手にしたジャンパーと緑色のエコバッグを四宮の座っているソファに置き、バッグの中に手を突っ込んで札束を包んである皺《しわ》くちゃになった折り込みチラシを剝《は》がして、裏白の面を差し出した。その時、バッグの中身を見てしまった四宮は、ゴクリと唾《つば》を飲んだ。

「金！」

「え？」淑子がきょとんとして聞き返す。

「いやあ、か、か、神奈川からきたんですか？」

「あっ、いえ、茨城です」

淑子は緊張して答えた。

「ああ、そう。わざわざ、ライブのために？」

「はい」

「ああ、嬉しいなあ！　まだ時間あるからさ、なんか飲もうか？」

「は？」

「飲もう！」

四宮は誰もいないバーカウンターに淑子を誘った。

ネット相手に悪戦苦闘していた享は、ついに目指すライブ情報に行き着いた。

「ありました。“Best Day of My Life”。これじゃないですか？」

右京がパソコンの画面を覗く。

「四宮裕二……カイトくん、君、知っていますか？」

「いや、全然。杉下さんは？」

「申し訳ない」

そこへやってきた米沢が、ふたりの会話を小耳に挟んだのか、小部屋の入口で声をあげた。

「四宮裕二とは懐かしいですな。彼の唯一のヒット曲『人生最良の日』は、確か一九八四年の年間ヒットチャート第三位でした」

「おや、ご存じでしたか」

マニアックな知識においては一目置く米沢に、右京が感心した。

「われわれの世代には定番の青春ソングですから。もっとも四宮裕二は一曲で消えた典型的な一発屋ですが」

「米沢さんと同年代……」

「ビンゴですね」

右京と享は目を見合わせた。

そこで米沢は用件を切り出した。

「お預かりしたレシートから採取した指紋ですが、照会したところ、ガソリンスタンドから謎《なぞ》の失踪をした店主の妻の山田淑子さんのものと一致しました」

「やはりそうでしたか」右京が頷く。

「あくまでも非公式な照会ですので証拠能力はありませんが、実は県警に落語仲間がいまして」

「いつもご苦労をおかけします」右京が頭を下げた。

「いいえ」

「ご苦労のかけついでに、もうひとつお願いがあるのですが……」

右京が人さし指を立てると、察しのいい米沢は先回りして言った。

「山田淑子さんについての情報収集ですね？　今問い合わせてます。もちろん非公式にです」

「さすがですねえ」感心した右京は、「ではカイトくん、われわれは行きましょうか」と警視庁きっての理解者、米沢を残して小部屋を出て行ってしまった。

四

繋《つな》いだ手のぬくもりが
明日へ踏み出す勇気をくれた
今日は人生最良の日
Best Day of My Life

開場前のライブハウスでは、四宮裕二がギター片手に淑子ひとりのためのコンサートを開いていた。

「うわあ！」

もちろん、長年の大ファンだった淑子は大喜びで拍手を惜しまなかった。

「どうかな？　声衰えてないかな？」

四宮は甘えた声で訊く。

「ちっとも。昔、レコードで聞いたのと変わりありません」

「買ってくれたんだ！　俺のレコード」

四宮は嬉しそうに言った。

「もちろんです。傷つかないように大事にして、普段はエアチェックしたテープ聞いてました」

「エアチェック？　今は死語だね。まあ、俺も世間からは消えてるけど」

自嘲《じちょう》交じりにそう言うと、淑子は、

「そんな……」

とかぶりを振った。

「本当の話。でも、まだ諦めてない。俺にとって大切なのって歌しかないから、今夜のライブを弾《はず》みにして、この歌をもう一度みんなに届けたいんだ。今、ＣＤで再発売出来ないかって動いてるんだけど」

淑子の目が輝いた。

「本当ですか？　必ず買います！」

そこで四宮は同情を買うような頼りなげな顔を作った。

「それがさ、ちょっと難航してて……音楽業界不況だから、スポンサーがいないとＣＤ一枚作れない。金がかかるんだよね」

「出せば売れますよ。いい歌だもの。私だって嫌なことあっても、もう少し頑張ろう、いつか最良の日が来るってこの曲に何度励まされてきたか」

淑子は本心から励ました。

「ありがとう。僕の歌、大事に思ってくれて」

四宮は淑子の手をとった。淑子は恥ずかしそうに、

「荒れてるから、仕事でちょっと」

と手を引っ込めたが、

「俺だってほら、タコだらけ」

四宮は自分の手を見せ、今度は二番をアカペラで歌った。

繋いだ手のぬくもりが
明日へ踏み出す勇気をくれた
君とならずっと続くはずさ
Best Day of My Life

歌いながら淑子を後ろから抱きかかえて、ステージへと誘《いざな》った。そうして歌い終わったところで淑子の顔をじっと見つめ、

「金を、いや、力を貸してください、再起のために」

とクサイ言い回しで言った。

そのとき、ホールの扉が開いた。

一方、右京と享は今夜四宮のライブが開かれるライブハウスに車で向かっていた。

「そうですか。どうもありがとう」

運転中の右京はヘッドセットを使ったハンズフリー機能で電話を受けた。

「米沢さん、なんですって？」享が訊ねる。

「淑子さんの夫、山田勇《いさむ》さんに外傷はなく、薬物を投与された形跡も今のところ見つかっていないそうです。自然死の可能性が高いですねえ」

「だったら逃げる必要ないですよね。逆に奥さんが金を盗って家出したんで、ご主人、ショックで心筋梗塞を起こしたとか？」

「しかし、われわれが警察関係者だと気づいて尾行をまいたのですからねえ」

右京が指摘する事実の前に、享が素朴な疑問を呈した。

「でも、ライブとかに行けるもんですかね？　ご主人が目の前で死んでるんですよ？」

それに対して右京は意味深なことを述べた。

「人は時に不可解な行動を取るものですよ」

ホールの扉を開けて入ってきた朝井と安田を見て四宮は縮み上がり、淑子は急いで物陰に隠れた。

「四宮さん、一緒に来てもらおうか」

朝井がドスの利いた声で言う。

「でも、もうすぐライブが始まるんで……」

四宮の言葉を安田が笑い飛ばした。

「客なんか来ねえんだろ？　チケット売れてねえし」

朝井も嘲笑《あざわら》いながら言った。

「ええ話やで。あんたには東南アジアに飛んでもらうわ」

「海外ツアー……じゃないですよね」

恐る恐る訊ねる四宮に、朝井は恐ろしいことを口にした。

「ちょっとちゃう。内臓ツアーや。腎臓一個六百万で話はつけたから」

「臓器ブローカーに？　そんな！」

「腎臓二個あるからよ、一個取っても平気だって」

安田は震える四宮の肩に手を回して嬉しそうに言った。

「そんなこと言って、血の一滴まで売り物にする気だろ！　勘弁してくれよ。俺ヤクには関わりないし……」

「ヤクって……」

それを耳にした淑子は小声で呟いた。

「なくしたシャブの分な、早いとこ損失補塡《ほてん》せんと俺らもやばいんやわ」

「ちょっ、ちょっと待ってください！」

朝井が本気なのを感じ取った四宮は、なり振り構わず、物陰に隠れていた淑子を引きずり出し、「金ならあるよ。ここに！」と言った。

淑子を見て、朝井は眉を顰めた。

「誰や？　このおばはん」

「金貸してくれ！　この中にたんまり入ってるの俺見たんだよ！」

四宮はエコバッグの持ち手に手をかけて淑子に懇願した。

「え？」淑子は当惑した。

「足りないとは思うけど、手付けってことで」

エコバッグを引っ張る四宮に必死に抗いながら、淑子は訊いた。

「じゃあ、ＣＤ作るって話は？」

「わけがあるんだよ！　いいからよこせ！」

バッグの引っ張り合いをやっている四宮の肩を摑んだ安田が言った。

「来いよ。成田まで送ってやるよ！」

「勘弁してくださいよ！」

駄々っ子のように柱にしがみつく四宮の手を引き離そうと躍起になりながら、朝井が怒鳴った。

「こっちの商売道具に手ぇ出すからや！」

「知らなかったんだよ！　彼女がヤクの売人なんて！」安田に脇を、朝井に足を抱えられて運ばれようとしている四宮は、「離せ！　助けてくれよ！」と淑子に訴えた。すると淑子が信じ難いことを口にした。

「ヤクなんか返してしまえばいいのに！　殺されたら元も子もないでしょ？」

そのひと言で、ホールの中がシーンと静まった。

「ちょっと奥さん、なんて言うた？」

朝井が訊ねた。すると淑子はふてぶてしい態度でこう言った。

「この人、隠してますよ。私が着いた時、電話してましたから。なんとかって店に預けたって」

「なにい！」

安田と朝井の手から逃れた四宮は、淑子に駆け寄った。

「ちょっと！　あんた、何言ってんだよ？」

その四宮に、淑子は耳打ちした。

「話合わせて。店の人が戻ってくるまでの時間稼ぎ」

朝井は淑子に訊ねた。

「どこに預けたって？」

「確か、モンだかビッグだか……」

その言葉に朝井はピンと来たようだった。

「東青山のモン・ビケか？」

「あっ、それ。モン・ビケ。カフェの向かいにある雑貨の店だって」

「ババア、適当なことをぬかしてんじゃねえぞ！」

凄《すご》む安田を、朝井は制した。

「ちょっと待て。あの店、最近売人が出入りしとる」

蛇の道は蛇、である。

「取り返しに行こか。一緒においで」

朝井はへたり込んでいる四宮を引きずり起こした。

「嘘だったらタダじゃおかねえからな」

安田はそう言って四宮の胸ぐらを摑んだ。

右京と享はようやくライブハウスに到着した。車を停めて入り口に向かおうとしたところに、背後から車のブレーキ音が聞こえた。振り向くと捜査一課の伊丹と芹沢がこちらにやってくる。

「ああ？　なんで特命係がいるんだよ！」

伊丹が顔を顰めた。

「そっちこそ、どうして？」

意外な展開に、享が訊ねる。

「どうしてって、お前、中毒死した女の線を洗ってたら、ホテルから逃げた男がここ入ってったっていう情報があったから……」

すべてをぶちまけてしまった芹沢を、伊丹が叱《しか》った。

「馬鹿！　余計なこと言ってんじゃねえよ！」

「じゃあ、伊丹さんたちが追ってるのは四宮裕二ですか？」

改めて享が伊丹に訊いた。

「特命係は違うのか？」

そこに食事に出ていたスタッフたちが戻ってきた。

「なんかあったんですか？」

ふたりがここの人間だと知った伊丹は、警察手帳を見せて、四宮が中にいることを確かめた。他に誰かいるかと問うと、

「さっきひとりお客さんが入っていきました。もしかしたらまだ中にいるかも」

とスタッフのひとりが答える。しかもそれが四十代後半の女性だと聞いた享は右京と顔を見合わせて言った。

「やっぱり中にいますね」

「ふたつの事件が繋がっていたとは想定外でしたね」

右京はライブハウスの方を見た。

五

「いっけねえ！　サツが来てます」

安田が焦って報告すると、朝井は天を仰いだ。

「嘘やあ。真由美の線からもう足がついたか？」

「どうします？　こいつ、パクられたらペラペラ喋りますよ！」

安田は四宮を引っ立てた。

「ああ。ブツのありかもわかったことやし、始末するか」

「そんな無茶な！」

「この女どうします？」

安田が指さすと、朝井は周囲を見回し、バーカウンターの裏に回ってキッチンから包丁を、把手《はしゅ》を布で覆って持ってきた。

「おばはん。いやいや奥さん。こいつと一緒に死んでくれや。なっ？　熱狂的なファンが押しかけて無理心中。ハハハ、どや？　元人気歌手らしいええ幕引きやろ？」

そうして淑子の手に包丁を握らせ、その背後から手を摑んで四宮に向かわせた。一方の四宮は安田に羽交《はが》い締《じ》めにされ、淑子と正対した。

「待って、待ってくれ‼」

四宮は必死に抗《あらが》った。

「慎重に行くぞ。四宮裕二がやけを起こして一般人を巻き込んだら、大事《おおごと》だからな」

「はい」

ライブハウスの外では伊丹と芹沢がいまにも踏み込もうとしていたが、いざとなって伊丹がストップをかけた。

「何をしれっとついてきてるんですか？　特命係は下がって！」

右京と享を退けたところに、いきなりライブハウスの入り口に下りているシャッターが上がった。そしてそこには淑子を羽交い締めにして包丁を手にしている四宮がいた。

「そこをどけ！　通してくれ！」

「彼女ですね」

「ええ」

享と右京が確認する。

「四宮裕二だな？」

伊丹が睨《にら》みつけると、目を血走らせた四宮は、包丁を淑子に突きつけて、刑事たちの背後に停められた朝井の車に目を遣った。

「どかないと、この女を刺して俺も死ぬ」

「マジかよ……」横を向いて呟いた伊丹は、顔を上げて叫んだ。「何考えてんだ、四宮！」

すると四宮は声を荒らげた。

「真由美殺しの容疑がかかってるんだろ？　俺は捕まりたくないんだ」

「落ち着け！　事情がわかったら微罪で済むかもしれん。警察に協力して全部話せ！」

伊丹の説得も、まったく効かないようだった。

「警察はそれで済んでも次は暴力団に狙われる。死にたくないんだよ！　あの女と関わったのが運の尽きだ」

「人質取って逃走したら、おまえ重罪だぞ！」

芹沢の脅しにも、四宮は耳を貸そうとしなかった。車との距離は徐々に縮まって、ついに四宮はドアに手をかけた。仕方ない、一旦泳がせて緊急配備するか……伊丹がそう思いかけたときに、右京が意外な行動に出た。包丁を持っている四宮との距離をぐっと縮めたのだった。

「逃げてもいいことはありませんよ。かえって状況が悪くなるだけです」

右京は説得を始めた。

「誰だ？　あんた。来るな！　下がってくれ！」

四宮は思わぬ事態に、パニックを起こしかけている。

「警部殿、無茶しないでください！」

伊丹も右京を引き止めた。ところが右京は四宮ではなく、人質になっている淑子に語りかけた。

「なぜこんな馬鹿なことをしているのでしょう？　山田淑子さん」

「山田淑子って誰だ？」

伊丹は首を傾げた。

「あなたは亡くなったご主人を置き去りにしてまで、今夜のライブに駆けつけた。おそらく熱心なファンなのでしょうね。しかし四宮さんを守るつもりなら見当違いです。これではますます窮地に陥《おちい》るだけですよ」

「何、言ってるの？」

淑子は脅えた目で右京を見た。右京は淑子の足を指さす。

「その靴、いつなんのために履き替えたのでしょう？　昼間会った時、あなたは真新しいパンプスを履いていました。ところが今は……履き慣れた靴のほうが、逃げるのに都合がいいですからねえ。おそらくその靴にはオイルやガソリンの染みがついているはずです」

「おい、警部殿は何言ってるんだ？」

伊丹に訊ねられて、享が答えた。

「彼女にも逃げたい理由があるんです」

「戻りなさい。逃げれば、あなたの立場が一層悪くなるだけですよ。夫を殺して逃亡したとの嫌疑がかかってしまいますよ」

「どういうことだ？」

四宮が訳もわからずに訊ねる。

「いいから乗って。逃げましょう」

小声で四宮を促した淑子に、右京が強く言った。

「今ならまだ引き返せます。もうお芝居はおやめなさい」

お芝居……そう、これも淑子が演出した芝居に違いなかった。

——待って！　割に合わないんじゃない？　人殺しなんて。

万事休すの状態に陥ったところで、淑子は言った。

——いい歳した女が初対面の芸能人と心中するわけないでしょ！　警察だって騙《だま》されるわけない！

――おまえらが捕まったら俺らの尻に火がつくんや！

その朝井に淑子はある提案をしたのだった。

――消えればいいだけの話ならもっといい手がある。車、乗ってきたでしょ？　貸してください。四宮さんと私はそれで遠くまで逃げて姿くらますから！

すなわち淑子の提案とはこうだった。四宮が自分を人質にとって朝井の車で逃げる。ふたりが警察の注意を引いているうちに、朝井と安田は店の奥の非常口から路地に抜ける裏口に逃げる……。

「そんな小芝居うまくいかへんやろ！」

弱気な声を出した朝井の手を振りきって、

「うまくやってよ！」

と逆に包丁を朝井に向けた。

「おお、ごめんごめん」

淑子の迫力に気圧《けお》された朝井の胸に、淑子はエコバッグから鷲摑みにした札束を突きつけた。

「これ、あげる！　その代わり車のキー貸して！」

「いや、ちょっと待てや」

二の足を踏む朝井を、淑子は一喝した。

「早ぐ！　踏み込まれたら終わりだど！」

その声に押されるように、朝井は淑子に鍵を渡した。気合いを入れるように靴をパンプスからスニーカーに履き替える淑子を見て、四宮が情けない声を出した。

「けど、そんなことしたら、俺の歌手生命百パーセント終わりじゃないか！」

その四宮に、淑子のなまり交じりの怒声が飛んだ。「どこ行ったたって名前変えたって歌は歌えるでしょ！」そして落ちていた包丁を拾って四宮の手に握らせて、「四宮裕二の名前が大事？　それとも、歌うことが大事？」そう言って後ろで結んでいた長い髪を解いた。

六

淑子に対する右京の説得は続いた。

「この場から逃げても新しい人生は開けませんよ。偽りの逃避行の先に、一体どんな最良の日が待っているというのですか？　こんな茶番はあなたのこれまでの人生と、あなたが愛した歌を冒瀆《ぼうとく》することにしかなりませんよ！　山田淑子さん」

それを聞いて諦めたのは、四宮の方だった。

「やめた。あんたはまだ引き返せそうだ」

包丁を捨てて、淑子の身体を放り投げた四宮を、伊丹と芹沢が即座に確保した。

そのとき、組織犯罪対策課の捜査員を多数従えて、角田がやってきた。

「角田課長！　えっ、どうしてここに？」

亨のみならず、その場にいた全員が驚いて角田を見た。

「四宮裕二は？　おお、無事か？」人質の安全も確認した角田があたりを見回す。「銀《ぎん》龍《りゅう》会が奴を狙ってるって情報が入ったんだが……」

そこで角田の部下である大木長十郎が朝井の車を認めた。

「課長！　この車」

「銀龍会来てますね」

同じく部下の小松真琴が角田に告げた。

「ああ」

亨がスタッフに駆け寄り裏口から路地に至る道を訊き、角田たちに教えた。組対五課の一群は、なだれるようにそちらに向かった。

やがてその路地に抜ける直前で、角田たちは朝井と安田に対面した。

「銀龍会だな？　曽根真由美変死事件のことで話を聞きたい」

角田が言うと、興奮した朝井が叫んだ。

「うるせえ！　このずるむけが！　メガネザル！」

そのひと言で、角田の箍《たが》が外れた。

「ああ！　手ェ出すな」部下たちにそう告げた角田は、

「メガネザルは許さーん!!　オラァ！　この野郎！　この野郎！」

と叫びながら、火の玉のようにふたりに襲いかかった。その様子は何ものかに取り憑かれたようで、普段の角田を知っている部下たちも口をあんぐりと開けてしまうほどの豹変《ひょうへん》ぶりだった。

「課長！　課長！」

このままだと朝井と安田を半殺しにしかねない……そう判断した大木や小松たちは、角田を羽交い締めにしてそれを食い止めた。

パトカーが幾台もやってきて、四宮たちを乗せ、一件落着を見たところで、

「杉下さん！」

と右京を呼ぶものがあった。幸子だった。

「おやおや、幸子さん」

「何かあったんですか？」

意外な顔をしている右京に、幸子が訊ねた。

「ええ、ちょっとしたことが。幸子さんはどうしてこちらに？」

「私、お客様にライブのチケットを頂いたんです。せっかくなので、お店を閉めて来て

みたんですけど……」

「そうでしたか」

「ええ」頷いた幸子は、淑子を見つけて指さした。「あっ！　あの方です」

茫然《ぼうぜん》と立ちすくむ淑子に、右京と享、そして幸子が向かいあう。

「ご主人は病死だったのですね？」

右京の問いに、淑子は黙って頷いた。

「なぜ放置して家を出たりしたんですか？」

享が抱いていた疑問を投げ掛けると、右京が言葉を継いだ。

「ひどく口やかましい方だったそうですね。その反面、女性関係のトラブルも絶えなかったとか」

それには答えず、淑子は訥々《とつとつ》と語りだした。

「結婚してから自由に出来た日なんてなかった。年中無休でスタンド開けて。子供出来ないって嫌み言われながら、姑《しゆうとめ》の世話して。ライブに行きたいなんて言ったの結婚以来、今日が初めてだったんです。でも……」

それを聞いた夫の勇は吐き捨てるようにこう言った。

——いい歳して何がライブだ。みっともねえ！

「それから、スタンド開ける仕度してうちに戻ってみたら夫が倒れてました。もう息をしてなかった。今しかない……そう思ったんです。今、飛び出さないとここから出られなくなる」

震える手で金庫を開けた淑子は、ありったけの現金をエコバッグに詰め込んだのだった。

「うんざりするような毎日がずっと続いて……最良の日なんてなかったって、悔やみながら死んでいくなんてたまらない」

そう独り言のように言った淑子は、皆を振り返って言った。

「ひどい妻ですね。夫が死んだのにライブだなんて」

それを聞いて幸子が訊ねた。

「あのう、もしかして〈花の里〉のお友達、亡くなったんですか？　思い出の中にしかいないっておっしゃってましたね」

淑子は頷いた。

「半月前にがんで。あっという間だった。里美《さとみ》ちゃん、旦那の借金でずっと苦労続きで。最後にお見舞いに行った時、私に言ったの。自分には最良の日なんてなかったって。そんな人生、あんまりじゃない」

「その方との思い出の曲だったのですね？　『人生最良の日』は」

右京の言葉に頷いた淑子の脳裏には、〈花の里〉で里美と過ごした楽しかった日々の光景が浮かんでいた。

声を合わせて『人生最良の日』を歌った高校時代のふたりは、いずれ四宮裕二のライブがあったら一緒に行こう、と固い約束をしたのだった。

「あの曲を聞けば、もう一度信じられる気がしたんです。人生がガラッと変わるようなことが自分にも起きるかもしれないって」

そこに伊丹と芹沢がやってきた。

「どうも。お取り込み中すみませんが、そろそろよろしいですか?」伊丹が割り込んで、淑子に告げた。「さあ、署までご同行ください」

去っていく淑子の背中に、右京が語りかけた。

「お気の毒です。歌のような最良の日にならなくて」

すると淑子はゆっくり振り返って言った。

「いいえ。憧れの人とドキドキするような時間を過ごしたんです。知恵絞ってヤクザとやり合って、警察相手に芝居まで打った。刑事さん、私、今日ほど生きてることを実感出来た日はないんです」

淑子が深々とお辞儀をすると、どこかで花火大会をやっているのだろうか、港の上空に次々と花火が上がった。その威勢のいい音をバックに、淑子の脳裏にあの歌が流れた。

繋いだ手のぬくもりが
明日へ踏み出す勇気をくれた
今日は人生最良の日
Best Day of My Life
Best Day of My Life

相棒 season 13（第８話～第13話）

STAFF

エグゼクティブプロデューサー：桑田潔（テレビ朝日）
ゼネラルプロデューサー：佐藤凉一（テレビ朝日）
プロデューサー：伊東仁（テレビ朝日）、西平敦郎（東映）、
土田真通（東映）
脚本：輿水泰弘、徳永富彦、太田愛、真野勝成、山本むつみ、
藤井清美、池上純哉
監督：和泉聖治、橋本一、近藤俊明、池澤辰也
音楽：池頼広

CAST

杉下右京…………………………水谷豊
甲斐享……………………………成宮寛貴
月本幸子…………………………鈴木杏樹
笛吹悦子…………………………真飛聖
伊丹憲一…………………………川原和久
芹沢慶二…………………………山中崇史
米沢守……………………………六角精児
角田六郎…………………………山西惇
大河内春樹………………………神保悟志
中園照生…………………………小野了
内村完爾…………………………片桐竜次
社美彌子…………………………仲間由紀恵
甲斐峯秋…………………………石坂浩二

制作：テレビ朝日・東映

第８話
初回放送日：2014年12月10日

幸運の行方

STAFF

脚本：太田愛　監督：近藤俊明

GUEST CAST

久米健一………………矢崎滋　　小池信雄……………斉木しげる

第９話
初回放送日：2014年12月17日

サイドストーリー

STAFF

脚本：池上純哉　監督：池澤辰也

GUEST CAST

小宮山佳枝…………丘みつ子　　小宮山茂樹……………吉満寛人

第10話
初回放送日：2015年１月１日

ストレイシープ

STAFF

脚本：真野勝成　監督：和泉聖治

GUEST CAST

新井亮一………………平岳大　　西田悟巳……………石田ひかり
梶井素子…………川上麻衣子　　橘高誠一郎……………三浦浩一
日野警部補……………寺島進

第11話
初回放送日：2015年１月14日

米沢守、最後の挨拶

STAFF

脚本：徳永富彦　監督：橋本一

GUEST CAST

山崎総一郎…………池田政典　長谷川健宣……………大高洋夫
早乙女美穂………奥田恵梨華　内田圭一…………………藤井宏之

第12話
初回放送日：2015年１月21日

学び舎

STAFF

脚本：藤井清美　監督：橋本一

GUEST CAST

久我沢舞…………………早織　池本正………………長谷川公彦
ミツオ…………………内田滋　吉野慶介………………中林大樹

第13話
初回放送日：2015年１月28日

人生最良の日

STAFF

脚本：山本むつみ　監督：橋本一

GUEST CAST

山田淑子……………床嶋佳子　四宮裕二………………湯江健幸

相棒《あいぼう》 season13 中

朝日文庫

2015年11月30日　第1刷発行

脚　　本　輿水泰弘《こしみずやすひろ》　徳永富彦《とくながとみひこ》　太田《おおた》 愛《あい》
真野勝成《まのかつなり》　山本《やまもと》むつみ　藤井清美《ふじいきよみ》
池上純哉《いけがみじゅんや》

ノベライズ　碇《いかり》 卯人《うひと》

発 行 者　首 藤 由 之

発 行 所　朝日新聞出版
〒104-8011　東京都中央区築地5-3-2
電話　03-5541-8832（編集）
03-5540-7793（販売）

印刷製本　大日本印刷株式会社

ISBN978-4-02-264799-3

朝日文庫

相棒season9(上)

脚本・輿水　泰弘ほか／ノベライズ・碇　卯人

右京と尊が、夭折の天才画家の絵画に秘められた謎を追う「最後のアトリエ」ほか七編を収録した、人気シリーズ第九弾！〔解説・井上和香〕

相棒season9(中)

脚本・輿水　泰弘ほか／ノベライズ・碇　卯人

尊が発見した遺体から、警視庁と警察庁の対立を描く「予兆」、右京が密室の謎を解く「招かれざる客」など五編を収録。〔解説・木梨憲武〕

相棒season9(下)

脚本・輿水　泰弘ほか／ノベライズ・碇　卯人

テロ実行犯として逮捕され死刑執行されたはずの男と、政府・公安・警視庁との駆け引きを描く「亡霊」他五編を収録。〔解説・研ナオコ〕

相棒season10(上)

脚本・輿水　泰弘ほか／ノベライズ・碇　卯人

仮釈放中に投身自殺した男の遺書に恨み事を書かれた神戸尊が、杉下右京と共に事件の再捜査に奔る「贖罪」など六編を収録。〔解説・本仮屋ユイカ〕

相棒season10(中)

輿水　泰弘ほか／ノベライズ・碇　卯人

子供たち七人を人質としたバスに同乗した神戸尊と、捜査本部で事件解決を目指す杉下右京の葛藤を描く「ピエロ」など七編を収録。〔解説・吉田栄作〕

相棒season10(下)

脚本・輿水　泰弘ほか／ノベライズ・碇　卯人

研究者が追い求めるクローン人間の作製に、内閣・警視庁が巻き込まれ、神戸尊の最後の事件となった「罪と罰」など六編。〔解説・松本莉緒〕